桜《おう》桃《とう》

太宰 治

ハルキ文庫

角川春樹事務所

目次

桜桃

ヴィヨンの妻《つま》

一

あわただしく、玄関をあける音が聞こえて、私はその音で、眼《め》をさましましたが、それは泥酔《でいすい》の夫の、深夜の帰宅にきまっているのでございますから、そのまま黙《だま》って寝ていました。

夫は、隣《となり》の部屋《へや》に電気をつけ、はあっはあっ、とすさまじく荒《あら》い呼吸をしながら、机の引き出しや本箱の引き出しをあけて掻《か》きまわし、何やら捜《さが》している様子でしたが、やがて、どたりと畳《たたみ》に腰をおろして坐《すわ》ったような物音が聞こえまして、あとはただ、はあっはあっという荒い呼吸ばかりで、何をしていることやら、私が寝たまま、

「おかえりなさいまし。ごはんは、おすみですか？　お戸棚《とだな》に、おむすびがございますけど。」

と申しますと、

「や、ありがとう。」といつになく優《やさ》しい返事をいたしまして、「坊《ぼう》やはどうです。熱は、まだありますか？」とたずねます。

これも珍《めずら》しいことでございました。坊やは、来年は四つになるのですが、栄養不足のせいか、または夫の酒毒《しゅどく》のせいか、病毒《びょうどく》のせいか、よその二つの子供よりも小さいくらいで、歩く足許《あしもと》さえおぼつかなく、言葉もウマウマとか、イヤイヤとかを言えるくらいが関《せき》の山《やま》で、脳が悪いのではないかとも思われ、私はこの子を銭湯《せんとう》に連れて行きはだかにして抱き上げて、あんまり小さく醜《みにく》く痩《や》せているので、凄《さび》しくなって、おおぜいの人の前で泣いてしまったことさえございました。そうしてこの子は、しょっちゅう、おなかをこわしたり、熱を出したり、夫はほとんど家に落ちついていることはなく、子供のことなど何と思っているのやら、坊やが熱を出しまして、と私が言っても、あ、そう、お医者に連れて行ったらいいでしょう、と言って、いそがしげに二重廻《にじゅうまわ》し*1を羽織《はお》ってどこかへ出掛けてしまいます。お医者に連れて行きたくっても、お金も何も無いのですから、私は坊やに添《そい》寝《ね》して、坊やの頭を黙《だま》って撫《な》でてやっているよりほかはないのでございます。

けれどもその夜はどういうわけか、いやに優《やさ》しく、坊やの熱はどうだ、など珍しくたずねてくださって、私はうれしいよりも、何だかおそろしい予感で、背筋《せすじ》が寒くなりました。何とも返辞《へんじ》のしようがなく黙《だま》っていますと、それから、しばらくは、ただ、夫の烈《はげ》しい呼吸ばかり聞こえていましたが、

「ごめんくださいい。」

と、女のほそい声が玄関でいたします。私は、総身《そうみ》に冷水を浴《あ》びせられたように、ぞっとしました。

「ごめんください。大谷《おおたに》さん。」

こんどは、ちょっと鋭《するど》い語調でした。同時に、玄関のあく音がして、

「大谷さん！　いらっしゃるんでしょう?」

と、はっきり怒っている声で言うのが聞こえました。

夫は、その時やっと玄関に出た様子で、

「なんだい。」

と、ひどくおどおどしているような、まの抜けた返辞《へんじ》をいたしました。

「なんだいではありませんよ。」と女は、声をひそめて言い、「こんな、ちゃんとしたお家《うち》もあるくせに、どろぼうを働くなんて、どうしたことです。ひとのわるい冗談《じょうだん》はよして、あれを返してください。でなければ、私はこれからすぐ警察に訴えます。」

「何を言うんだ。失敬《しっけい》なことを言うな。ここは、お前たちの来るところではない。帰れ！　帰らなければ、僕《ぼく》のほうからお前たちを訴えてやる。」

その時、もうひとりの男の声が出ました。

「先生、いい度胸《どきょう》だね。お前たちの来るところではない、とはでかした。呆《あき》れてものが言

えねえや。他のこととは違う。よその家の金を、あんた、冗談《じようだん》にも程度がありますよ。わいままでだって、私たち夫婦は、あんたのために、どれだけ苦労をさせられて来たか、わからねえのだ。それなのに、こんな、今夜《こんや》のような情けねえことをしでかしてくれる。先生、私は見そこないましたよ。」

「ゆすりだ。」と夫は、威《い》たけ高《だか》に言うのですが、その声は震《ふる》えていました。「恐喝《きようかつ》だ。帰れ！　文句があるなら、あした聞く。」

「たいへんなことを言いやがるなあ、先生、すっかりもう一人前の悪党《あくとう》だ。それではもう警察へお願いするより手がねえぜ。」

その言葉の響《ひび》きには、私の全身鳥肌《とりはだ》立ったほどの凄《すご》い憎悪《ぞうお》がこもっていました。

「勝手《かつて》にしろ！」と叫ぶ夫の声はすでに上《うわ》ずって、空虚《くうきよ》な感じのものでした。

私は起きて寝巻きの上に羽織《はおり》を引っ掛け、玄関に出て、二人のお客に、

「いらっしゃいまし。」

と挨拶《あいさつ》しました。

「や、これは奥さんですか。」

膝《ひざ》きりの短い外套《がいとう》を着た五十すぎくらいの丸顔の男のひとが、少しも笑わずに私に向かってちょっと首肯《うなず》くように会釈《えしやく》しました。

女のほうは四十前後の痩《や》せて小さい、身なりのきちんとしたひとでした。

「こんな夜中にあがりまして。」

とその女のひとは、やはり少しも笑わずにショールをはずして私にお辞儀《じぎ》をかえしました。

その時、やにわに夫は、下駄《げた》を突っかけて外に飛び出ようとしました。

「おっと、そいつあいけない。」

男のひとは、その夫の片腕をとらえ、二人は瞬時《しゅんじ》もみ合いました。

「放せ！　刺すぞ。」

夫の右手にジャックナイフが光っていました。そのナイフは、夫の愛蔵《あいぞう》のものでございまして、たしか夫の机の引き出しの中にあったので、それではさっき夫が家へ帰るなり何だか引き出しを掻《か》きまわしていたようでしたが、かねてこんなことになるのを予期して、ナイフを捜《さが》し、懐《ふところ》にいれていたのに、違いありません。

男のひとは身をひきました。そのすきに夫は大きい鴉《からす》のように二重廻《にじゅうまわ》しの袖《そで》をひるがえして、外に飛び出しました。

「どろぼう！」

と男のひとは大声を挙《あ》げ、つづいて外に飛び出そうとしましたが、私は、はだしで土間《どま》

に降りて男を抱いて引きとめ、

「およしなさいまし。どちらにもお怪我《けが》があっては、なりませぬ。あとの始末《しまつ》は、私がいたします。」

と申しますと、傍《そば》から四十の女のひとも、

「そうですね、とうさん。気ちがいに刃物です。何をするかわかりません。」

と言いました。

「ちきしょう！　警察だ。もう承知できねえ。」

ぼんやり外の暗闇《くらやみ》を見ながら、ひとりごとのようにそう呟《つぶや》き、けれども、その男のひとの総身の力はすでに抜けてしまっていました。

「すみません。どうぞ、おあがりになって、お話を聞かしてくださいまし。」

と言って私は式台にあがってしゃがみ、

「私でも、あとの始末《しまつ》は出来るかも知れませんから。どうぞ、おあがりになって、どうぞ。きたないところですけど。」

二人の客は顔を見あわせ、幽《かす》かに首肯《うなず》き合って、それから男のひとは様子をあらため、

「何とおっしゃっても、私どもの気持ちは、もうきまっています。しかし、これまでの経緯《いきさつ》は一応、奥さんに申し上げておきます。」

「はあ、どうぞ。おあがりになって。そうして、ゆっくり。」

「いや、そんな、ゆっくりもしておられませんが。」

と言い、男のひとは外套《がいとう》を脱《ぬ》ぎかけました。

「そのままで、どうぞ。お寒いんですから、本当に、そのままで、お願いします。家の中には火の気《け》が一つもないのでございますから。」

「では、このままで失礼します。」

「どうぞ。そちらのお方も、どうぞ、そのままで。」

男のひとがさきに、それから女のひとが、夫の部屋《へや》の六畳間《ろくじょうま》にはいり、腐《くさ》りかけているような畳《たたみ》、破《やぶ》れほうだいの障子《しょうじ》、落ちかけている壁《かべ》、紙がはがれて中の骨が露出《ろしゅつ》している襖《ふすま》、片隅《かたすみ》に机と本箱、それもからっぽの本箱、そのような荒涼たる部屋の風景に接して、お二人とも息を呑《の》んだような様子でした。

破《やぶ》れて綿《わた》のはみ出ている座蒲団《ざぶとん》を私はお二人にすすめて、

「畳《たたみ》が汚《きたの》うございますから、どうぞ、こんなものでも、おあてになって。」

と言い、それから改めてお二人に御挨拶《ごあいさつ》を申しました。

「はじめてお目にかかります。主人がこれまで、たいへんなご迷惑《めいわく》ばかりおかけしてまいりましたようで、また、今夜《こんや》は何をどういたしましたことやら、あのようなおそろしい真《ま》似《ね》などして、おわびの申し上げようもございませぬ。何せ、あのような、変わった気象《きしよう》*2の人なので。」

と言いかけて、言葉がつまり、落涙《らくるい》しました。

「奥さん。まことに失礼ですが、いくつにおなりで？」

と男のひとは、破《やぶ》れた座蒲団《ざぶとん》に悪《わる》びれず大あぐらをかいて、肘《ひじ》をその膝《ひざ》の上に立て、こぶしで顎《あご》を支《ささ》え、上半身を乗り出すようにして私に尋《たず》ねます。

「あの、私でございますか？」

「ええ。たしか旦那《だんな》は三十、でしたね？」

「はあ、私は、あの、……四つ下です。」

「すると、二十、六、いやこれはひどい。まだ、そんなですか？　いや、そのはずだ。旦《だん》那《な》が三十ならば、そりゃそのはずだけど、おどろいたな。」

「私も、さきほどから、」と女のひとは、男のひとの背中の蔭《かげ》から顔を出すようにして、「感心しておりました。こんな立派《りつぱ》な奥さんがあるのに、どうして大谷さんは、あんなに、ねえ。」

「病気だ。病気なんだよ。以前はあれほどでもなかったんだが、だんだん悪くなりやがった。」

と言って大きい溜息《ためいき》をつき、

「実は、奥さん、」とあらたまった口調になり、「私ども夫婦は、中野《なかの》駅の近くに小さい料理屋を経営していまして、私もこれも上州《じょうしゅう》の生まれで、私はこれでも堅気《かたぎ》のあきんどだったのでございますが、道楽気《どうらくけ》が強い、というのでございましょうか、田舎《いなか》のお百姓《ひゃくしょう》を相手のケチな商売にもいや気《け》がさして、かれこれ二十年前、この女房《にょうぼう》を連れて東京へ出て来まして、浅草《あさくさ》の、ある料理屋に夫婦ともに住み込みの奉公《ほうこう》をはじめまして、まあ人並《ひとなみ》に浮《う》き沈《しず》みの苦労をして、すこし蓄《たくわ》えも出来ましたので、いまのあの中野の駅ちかくに、昭和十一年でしたか、六畳一間《ろくじょうひとま》に狭《せま》い土間《どま》付きのまことにむさくるしい小さい家を借りまして、一度の遊興費《ゆうこうひ》が、せいぜい一円か二円の客を相手の、心細い飲食店を開業いたしまして、それでもまあ夫婦がぜいたくもせず、地道に働いて来たつもりで、そのおかげか焼酎《しょうちゅう》やらジンやらを、割にどっさり仕入れて置くことが出来まして、その後の酒不足の時代になりましてからも、よその飲食店のように転業などせずに、どうやら頑張《がんば》って商売をつづけてまいりまして、また、そうなると、ひいきのお客もむきになって応援をしてくださって、いわゆるあの軍官《ぐんかん》の酒さかなが、こちらへも少しずつ流れて来るような道を、ひらいてくださるお方もあり、対米英《べいえい》戦がはじまって、だんだん空襲《くうしゅう》がはげしくなって来てからも、私どもには足手《あしで》まといの子供は無し、故郷へ疎開《そかい》などする気も起こらず、まあこの家が焼けるまでは、と思って、この商売一つにかじりついて来て、どうやら罹災《りさい》もせず終戦になりましたのでほっとして、こんどは大ぴらに闇酒《やみざけ》を仕入れて売っているという、手短かに語ると、そんな身の上の人間なのでございます。けれども、こうして手短かに語ると、さして大きな難儀《なんぎ》も無く、割に運がよく暮らして来た人間のようにお思いになるかも知れませんが、人間の一生は地獄《じごく》でございまして、寸善尺魔《すんぜんしやくま》、とは、まったく本当のことでございますね。一寸《いつすん》の仕合《しあわ》せには一尺《いつしやく》の魔物《まもの》が必ずくっついてまいります。人間三百六十五日、何の心配もない日が、一日、いや半日あったら、それは仕合せな人間です。あなたの旦那《だんな》の大谷さんが、はじめて私どもの店に来ましたのは、昭和十九年の、春でしたか、とにかくそのころはまだ、対米英戦もそんなに負けいくさではなく、いや、そろそろもう負けいくさになっていたのでしょうが、私たちにはそんな、実体、ですか、真相、ですか、そんなものはわからず、ここ二、三年頑張れば、どうにかこうにか対等の資格で、和睦《わぼく》が出来るくらいに考えていまして、大谷さんがはじめて私どもの店にあらわれた時にも、たしか、久留米絣《くるめがすり》の着流しに二重廻《にじゆうまわ》しを引っかけていたはずで、けれども、それは大谷さんだけでなく、まだそのころは東京でも防空服装で身をかためて歩いている人は少なく、たいてい普通の服装でのんきに外出できたころでしたので、私どもも、その時の大谷さんの身なりを、別段だらしないとも何とも感じませんでした。大谷さんは、その時、おひとりではございませんでした。奥さんの前ですけれども、いや、もう何も包《つつ》みかくしなく洗いざらい申し上げましょう、旦那は、ある年増女《としまおんな》に連れられて店の勝手口《かってぐち》からこっそりはいってまいりましたのです。もっとも、もうそのころは、私どもの店も、毎日おもての戸は閉めっきりで、そのころのはやり言葉で言うと閉店開業というやつで、ほんの少数の馴染客《なじみきやく》だけ、勝手口からこっそりはいり、そうしてお店の土間の椅子席《いすせき》でお酒を飲むということはなく、奥の六畳間で電気を暗くして大きい声を立てずに、こっそり酔《よ》っぱらうという仕組みになっていまして、また、その年増女というのは、そのすこし前まで、新宿《しんじゆく》のバアで女給《じよきゆう》さんをしていたひとで、その女給時代に、筋《すじ》のいいお客を私の店に連れて来て飲ませて、私の家の馴染にしてくれるという、まあ蛇《じや》の道はへび、という工《ぐ》合《あい》の付き合いをしておりまして、そのひとのアパートはすぐ近くでしたので、新宿のバアが閉鎖《へいさ》になって女給をよしましてからも、ちょいちょい知り合いの男のひとを連れてまいりまして、私どもの店にもだんだん酒が少なくなり、どんなに筋のいいお客でも、飲み手がふえるというのは、以前ほど有難《ありがた》くないばかりか、迷惑《めいわく》にさえ思われたのですが、しかし、その前の四、五年間、ずいぶん派手《はで》な金遣《かねづか》いをするお客ばかり、たくさん連れて来てくれたのでございますから、その義理もあって、その年増のひとから紹介された客には、私どもも、いやな顔をせずお酒を差し上げることにしていたのでした。だから旦那がその時、その年増のひと、秋《あき》ちゃん、といいますが、そのひとに連れられて裏《うら》の勝手口からこっそりはいって来ても、別に私どもも怪《あや》しむことなく、れいのとおり、奥の六畳間に上げて、焼酎を出しました。大谷さんは、その晩はおとなしく飲んで、お勘定《かんじょう》は秋ちゃんに払わせて、また裏口からふたり一緒に帰って行きましたが、私には奇妙《きみょう》にあの晩の、大谷さんのへんに静かで上品な素振《そぶ》りが忘れられません。魔物がひとの家にはじめて現われる時には、あんなひっそりした、ういういしいみたいな姿をしているものなのでしょうか。その夜から、私どもの店は大谷さんに見込まれてしまったのでした。それから十日ほど経《た》って、こんどは大谷さんがひとりで裏口からまいりまして、いきなり百円紙幣《しへい》を一枚出して、いやそのころはまだ百円と言えば大金でした、いまの二、三千円にも、それ以上にも当たる大金でした、それを無理矢理、私の手に握《にぎ》らせて、たのむ、と言って、気弱そうに笑うのです。もうすでに、だいぶ召し上がっている様子でしたが、とにかく、奥さんもご存じでしょう、あんな酒の強いひとはありません。酔ったのかと思うと、急にまじめな、ちゃんと筋《すじ》のとおった話をするし、いくら飲んでも、足もとがふらつくなんてことは、ついぞ一度も私どもに見せたことはないのですからね。人間三十前後はいわば血気《けっき》のさかりで、酒にも強い年ごろですが、しかし、あんなのは珍《めずら》しい。その晩も、どこかよそで、かなりやって来た様子なのに、それから私の家で、焼酎を立てつづけに十杯も飲み、まるでほとんど無口で、私ども夫婦が何かと話しかけても、ただはにかむように笑って、うん、うん、とあいまいに首肯《うなず》き、突然、何時《なんじ》ですか、と時間をたずねて立ち上がり、お釣りを、と私が言いますと、いや、いい、と言い、それは困ります、と私が強く言いましたら、にやっと笑って、それではこの次まであずかっておいてください、また来ます、と言って帰りましたが、奥さん、私どもがあのひとからお金をいただいたのは、あとにもさきにも、ただこの時いちどきり、それからはもう、なんだかんだとごまかして、三年間、一銭《いっせん》のお金も払わずに、私どものお酒をほとんどひとりで、飲みほしてしまったのだから、呆《あき》れるじゃありませんか。」

思わず、私は、噴き出しました。理由のわからない可笑《おか》しさが、ひょいとこみ上げて来たのです。あわてて口をおさえて、おかみさんのほうを見ると、おかみさんも妙《みょう》に笑ってうつむきました。それから、ご亭主《ていしゅ》も、しかたなさそうに苦笑《にがわら》いして、

「いや、まったく、笑い事ではないんだが、あまり呆《あき》れて、笑いたくもなります。じっさい、あれほどの腕前を、他のまともな方面に用《もち》いたら、大臣にでも、博士にでも、なんにでもなれますよ。私ども夫婦ばかりでなく、あの人に見込まれて、すってんてんになってこの寒空《さむぞら》に泣いている人間が他にもまだまだある様子だ。げんにあの秋ちゃんなど、大谷さんと知り合ったばかりに、いいパトロンには逃げられるし、お金も着物も無くしてしま

うし、いまはもう長屋《ながや》の汚い一部屋《ひとへや》で乞食《こじき》みたいな暮らしをしているそうだが、じっさい、あの秋ちゃんは、大谷さんと知り合ったころには、あさましいくらいのぼせて、私たちにも何かと吹聴《ふいちょう》していたものです。だいいち、ご身分が凄《すご》い。四国のある殿様の別家《べっけ》の、大谷男爵《だんしゃく》の次男で、いまは不身持《ふみもち》のため勘当《かんどう》せられているが、いまに父の男爵が死ねば、長男と二人で、財産をわけることになっている。頭がよくて、天才、というものだ。二十一で本を書いて、それが石川啄木《たくぼく》という大天才の書いた本よりも、もっと上手で、それからまた十何冊だかの本を書いて、としは若いけれども、日本一の詩人、ということになっている。おまけに大学者で、学習院から一高、帝大《ていだい》とすすんで、ドイツ語フランス語、いやもう、おっそろしい、何が何だか秋ちゃんに言わせるとまるで神様みたいな人で、しかし、それもまた、まんざら皆《みな》うそではないらしく、他のひとから聞いても、大谷男爵の次男で、有名な詩人だということに変わりはないので、こんな、うちの婆《ばばあ》まで、いいとしをして、秋ちゃんと競争してのぼせ上がって、さすがに育ちのいいお方はどこか違っていらっしゃる、なんて言って大谷さんのおいでを心待ちにしているていたらくなんですから、たまりません。いまはもう、華族《かぞく》もへったくれもなくなったようですが、終戦前までは、女を口説《くど》くには、とにかくこの華族の勘当息子という手に限るようでした。へんに女が、くわっとなるらしいんです。やっぱりこれは、その、いまはやりの言葉で言えば奴隷根性《どれいこんじょう》というものなんでしょうね。私なんぞは、男の、それも、すれっからしと来ているのでございますから、たかが華族の、いや、奥さんの前ですけれども、四国の殿様のそのまた分《ぶん》家《け》の、おまけに次男なんて、そんなのは何も私たちと身分のちがいがあろうはずがないと思っていますし、まさかそんな、あさましく、くわっとなったりなどはしやしません。ですけれども、やはり、何だかどうもあの先生は、私にとっても苦手《にがて》でして、もうこんどこそ、どんなにたのまれてもお酒は飲ませまいと固く決心していても、追われて来た人のように、意外の時刻にひょいとあらわれ、私どもの家へ来てやっとほっとしたような様子をするのを見ると、つい決心もにぶってお酒を出してしまうのです。酔《よ》っても、別に馬鹿騒《ばかさわ》ぎをするわけじゃないし、あれでお勘定さえきちんとしてくれたら、いいお客なんですがねえ。自分で自分の身分を吹聴するわけでもないし、天才だのなんだのとそんな馬鹿げた自慢をしたこともありませんし、秋ちゃんなんかが、あの先生の傍《そば》で、私どもに、あの人の偉さについて広告したりなどすると、僕はお金がほしいんだ、ここの勘定を払いたいんだ、とまるっきり別なことを言って座を白《しら》けさせてしまいます。あの人が私どもに今までお酒の代《しろ》を払ったことはありませんが、あのひとのかわりに、秋ちゃんが時々支払って行きますし、また、秋ちゃんの他にも、秋ちゃんに知られては困るらしい内緒《ないしよ》の女のひともありまして、そのひとはどこかの奥さんのようで、そのひとも時たま大谷さんと一緒にやって来まして、これもまた大谷さんのかわりに、過分のお金を置いて行くこともありまして、私どもだって、商人でございますから、そんなことでもなかった日には、いくら大谷先生であろうが宮様《みやさま》であろうが、そんなにいつまでも、ただで飲ませるわけにはまいりませんのです。けれども、そんな時たまの支払いだけでは、とても足りるものではなく、もう私どもの大損で、なんでも小金井《こがねい》に先生の家があって、そこにはちゃんとした奥さんもいらっしゃるということを聞いていましたので、いちどそちらへお勘定の相談にあがろうと思って、それとなく大谷さんにお宅はどのへんでしょうと、たずねることもありましたが、すぐ勘付《かんづ》いて、ないものはないんだよ、どうしてそんなに気をもむのかね、喧嘩《けんか》われは損だぜ、などと、いやなことを言います。それでも、私どもは何とかして、先生のお家《うち》だけでも突きとめておきたくて、二、三度あとをつけてみたこともありましたが、そのたんびに、うまく巻かれてしまうのです。そのうちに東京は大空襲《だいくうしゅう》の連続ということになりまして、何が何やら、大谷さんが戦闘帽《せんとうぼう》などかぶって舞い込んで来て、勝手《かって》に押し入れの中からブランデイの瓶《びん》なんか持ち出して、ぐいぐい立ったまま飲んで風のように立ち去ったりなんかして、お勘定も何もあったものでなく、やがて終戦になりましたので、こんどは私どもも大っぴらで闇《やみ》の酒さかなを仕入れて、店先には新しいのれんを出し、いかに貧乏《びんぼう》の店でも張り切って、お客への愛嬌《あいきょう》に女の子をひとり雇《やと》ったりいたしましたが、またもや、あの魔物《まもの》の先生があらわれまして、こんどは女連れでなく、必ず二、三人の新聞記者や雑誌記者と一緒にまいりまして、なんでもこれからは、軍人が没落《ぼつらく》して今まで貧乏していた詩人などが世の中からもてはやされるようになったとかいうその記者たちの話でございまして、大谷先生は、その記者たちを相手に、外国人の名前だか、英語だか、哲《てつ》学《がく》だか、何だかわけのわからないような、へんなことを言って聞かせて、そうしてひょいと立って外へ出て、それっきり帰りません。記者たちは、興覚め顔《きょうざめがお》に、あいつどこへ行きやがったんだろう、そろそろおれたちも帰ろうか、など帰り支度《じたく》をはじめ、私は、お待ちください、先生はいつもあの手で逃げるのです、お勘定はあなたたちから戴《いただ》きます、と申します。おとなしく皆で出し合って支払って帰る連中《れんちゅう》もありますが、大谷に払わせろ、おれたちは五百円生活*3をしているんだ、と言って怒る人もあります。怒られても私は、いいえ、大谷さんの借金が、いままでいくらになっているかご存じですか？　もしあなたたちが、その借金をいくらでも大谷さんから取ってくださったら、私は、あなたたちに、その半分は差し上げます、と言いますと、記者たちも呆《あき》れた顔をいたしまして、なんだ、大谷がそんなひでえ野郎《やろう》とは思わなかった、こんどからはあいつと飲むのはごめんだ、おれたちには今夜《こんや》は金は百円もない、あした持って来るから、それまでこれをあずかっておいてくれ、と威勢《いせい》よく外套《がいとう》を脱《ぬ》いだりなんかするのでございます。記者というものは柄《がら》が悪い、と世間から言われているようですけれども、大谷さんにくらべると、どうしてどうして、正直であっさりして、大谷さんが男爵のご次男なら、記者たちのほうが、公爵《こうしやく》のご総領《そうりよう》くらいの値打ちがあります。大谷さんは、終戦後は一段と酒量もふえて、人相がけわしくなり、これまで口にしたことのなかったひどく下品な冗談《じようだん》などを口走り、また、連れて来た記者をやにわに殴《なぐ》って、つかみ合いの喧嘩をはじめたり、また、私どもの店で使っているまだはたち前の女の子を、いつのまにやらだまし込んで手に入れてしまった様子で、私どもも実に驚き、まったく困りましたが、すでにもう出来てしまったことですから泣《な》き寝入《ねい》りの他はなく、女の子にもあきらめるように言いふくめて、こっそり親御《おやご》の許《もと》にかえしてやりました。大谷さん、何ももう言いません、拝《おが》むから、これっきり来ないでください、と私が申しましても、大谷さんは、闇《やみ》でもうけているくせに人並《ひとなみ》の口をきくな、僕はなんでも知っているぜ、と下司《げす》な脅迫《きようはく》がましいことなど言いまして、またすぐ次の晩に平気な顔してまいります。私どもも、大戦中から闇の商売などして、その罰《ばち》が当たって、こんな化《ば》け物《もの》みたいな人間を引き受けなければならなくなったのかも知れませんが、しかし、今晩《こんばん》のような、ひどいことをされては、もう詩人も先生もへったくれもない、どろぼうです、私どものお金を五千円ぬすんで逃げ出したのですからね。いまはもう私どもも、仕入れに金がかかって、家の中にはせいぜい五百円か千円の現金があるくらいのもので、いや本当の話、売り上げの金はすぐ右から左へ仕入れに注《つ》ぎ込《こ》んでしまわなければならないんです。今夜《こんや》、私どもの家に五千円などという大金があったのは、もうことしも大みそかが近くなって来ましたし、私が常連のお客さんの家を廻《まわ》ってお勘定をもらって歩いて、やっとそれだけ集めてまいりましたのでして、これはすぐ今夜にでも仕入れのほうに手渡してやらなければ、もう来年の正月からは私どもの商売をつづけてやって行かれなくなるような、そんな大事な金で、女房《にょうぼう》が奥の六畳間《ろくじょうま》で勘定して戸棚《とだな》の引き出しにしまったのを、あのひとが土間《どま》の椅子席《いすせき》でひとりで酒を飲みながらそれを見ていたらしく、急に立ってつかつかと六畳間にあがって、無言で女房を押しのけ引き出しをあけ、その五千円の札束《さつたば》をわしづかみにして二重まわしのポケットにねじ込み、私どもがあっけにとられているうちに、さっさと土間に降りて店から出て行きますので、私は大声を挙《あ》げて呼びとめ、女房と一緒に後を追い、私はこうなればもう、どろぼう！　と叫んで、往来《おうらい》のひとたちを集めてしばってもらおうかとも思ったのですが、とにかく大谷さんは私どもとは知り合いの間柄《あいだがら》ですし、それもむごすぎるように思われ、今夜はどんなことがあっても大谷さんを見失わないようにどこまでも後をつけて行き、その落ちつく先を見とどけて、おだやかに話してあの金をかえしてもらおう、とまあ私どもも弱い商売でございますから、私どもも夫婦は力を合わせ、やっと今夜はこの家をつきとめて、かんにん出来ぬ気持ちをおさえて、金をかえしてくださいと、おんびんに申し出たのに、まあ、何ということだ、ナイフなんか出して、刺すぞだなんて、まあ、なんという、」

またもや、わけのわからぬ可笑《おか》しさがこみ上げて来まして、私は声を挙《あ》げて笑ってしまいました。おかみさんも、顔を赤くして少し笑いました。私は笑いがなかなかとまらず、ご亭主《ていしゅ》に悪いと思いましたが、なんだか奇妙《きみよう》に可笑しくて、いつまでも笑いつづけて涙が出て、夫の詩の中にある「文明の果《はて》の大笑い」というのは、こんな気持ちのことを言っているのかしらと、ふと考えました。

二

とにかく、しかし、そんな大笑いをして、すまされる事件ではございませんでしたので、私も考え、その夜お二人に向かって、それでは私が何とかしてこの後始末《あとしまつ》をすることにいたしますから、警察沙汰《ざた》にするのは、もう一日お待ちになってくださいまし、明日そちらさまへ、私のほうからお伺いいたします、と申し上げまして、その中野のお店の場所をくわしく聞き、無理にお二人にご承諾《しようだく》をねがいまして、その夜はそのままでひとまず引きとっていただき、それから、寒い六畳間《ろくじようま》のまんなかに、ひとり坐《すわ》って物案《ものあん》じいたしましたが、べつだん何のいい工夫《くふう》も思い浮かびませんでしたので、立って羽織《はおり》を脱《ぬ》いで、坊《ぼう》やの寝ている蒲団《ふとん》にもぐり、坊やの頭を撫《な》でながら、いつまでも、いつまで経《た》っても、夜が明けなければいい、と思いました。

私の父は以前、浅草《あさくさ》公園の瓢箪池《ひょうたんいけ》のほとりに、おでんの屋台を出していました。母は早くなくなり、父と私と二人きりで長屋住居《ながやずまい》をしていて、屋台のほうも父と二人でやっていましたのですが、いまのあの人がときどき屋台に立ち寄って、私はそのうちに父をあざむいて、あの人と、よそで逢《あ》うようになりまして、坊やがおなかに出来ましたので、いろいろごたごたの末、どうやらあの人の女房《にょうぼう》というような形になったものの、もちろん籍《せき》も何もはいっておりませんし、坊やは、てて無し児《なご》ということになっていますし、あの人は家を出ると三晩も四晩も、いいえ、ひとつきも帰らぬこともございまして、どこで何をしていることやら、帰る時は、いつも泥酔《でいすい》していて、真《ま》っ蒼《さお》な顔で、はあっはあっと、くるしそうな呼吸をして、私の顔を黙《だま》って見て、ぽろぽろ涙を流すこともあり、またいきなり、私の寝ている蒲団《ふとん》にもぐり込んで来て、私のからだを固く抱きしめて、

「ああ、いかん。こわいんだ。こわいんだよ、僕《ぼく》は。こわい！　たすけてくれ！」

などと言いまして、がたがた震《ふる》えていることもあり、眠ってからも、うわごとを言うやら、呻《うめ》くやら、そうして翌《あく》る朝は、魂《たましい》の抜けた人みたいにぼんやりして、そのうちにふ

っといなくなり、それっきりまた三晩も四晩も帰らず、古くからの夫の知り合いの出版のほうのお方が二、三人、そのひとたちが私と坊やの身を案じてくださって、時たまお金を持って来てくれますので、どうやら私たちも飢《う》え死《じ》にせずにきょうまで暮らしてまいりましたのです。

とろとろと、眠りかけて、ふと眼《め》をあけると、雨戸《あまど》のすきまから、朝の光線がさし込んでいるのに気付いて、起きて身支度《みじたく》をして坊やを背負い、外に出ました。もうとても黙《だま》って家の中におられない気持ちでした。

どこへ行こうというあてもなく、駅のほうに歩いて行って、駅の前の露店《ろてん》で飴《あめ》を買い、坊やにしゃぶらせて、それから、ふと思いついて吉祥寺《きちじょうじ》までの切符を買って電車に乗り、吊皮《つりかわ》にぶらさがって何気《なにげ》なく電車の天井にぶらさがっているポスターを見ますと、夫の名が出ていました。それは雑誌の広告で、夫はその雑誌に「フランソワ・ヴィヨン」*4という題の長い論文を発表している様子でした。私はそのフランソワ・ヴィヨンという題と夫の名前を見つめているうちに、なぜだかわかりませぬけれども、とてもつらい涙がわいて出て、ポスターが霞《かす》んで見えなくなりました。

吉祥寺で降りて、本当にもう何年ぶりかで井《い》の頭《かしら》公園に歩いて行ってみました。池のはたの杉の木が、すっかり伐《き》り払われて、何かこれから工事でもはじめられる土地みたいに、へんにむき出しの寒々《さむざむ》した感じで、昔とすっかり変わっていました。

　坊やを背中からおろして、池のはたのこわれかかったベンチに二人ならんで腰をかけ、家から持って来たおいもを坊やに食べさせました。

「坊や。綺麗《きれい》なお池でしょ？　昔はね、このお池に鯉《こい》トトや金《きん》トト[*5]が、たくさんたくさんいたのだけれども、いまはなんにも、いないわねえ。つまんないねえ。」

　坊やは、何と思ったのか、おいもを口の中に一ぱい頬張《ほおば》ったまま、けけ、と妙《みょう》に笑いました。わが子ながら、ほとんど阿呆《あほう》の感じでした。

　その池のはたのベンチにいつまでいたって、何のらちのあくことではなし、私はまた坊やを背負って、ぶらぶら吉祥寺の駅のほうへ引き返し、にぎやかな露店街《ろてんがい》を見て廻《まわ》って、それから、駅で中野《なかの》行きの切符《きっぷ》を買い、何の思慮《しりょ》も計画もなく、いわばおそろしい魔《ま》の淵《ふち》にするすると吸い寄せられるように、電車に乗って中野で降りて、きのう教えられたとおりの道筋《みちすじ》を歩いて行って、あの人たちの小料理屋の前にたどりつきました。

　表《おもて》の戸は、あきませんでしたので、裏《うら》へまわって勝手口《かってぐち》からはいりました。ご亭主《ていしゅ》さんはいなくて、おかみさんひとり、お店の掃除《そうじ》をしていました。おかみさんと顔が合ったとたんに私は、自分でも思いがけなかった嘘《うそ》をすらすらと言いました。

「あの、おばさん、お金は私が綺麗《きれい》におかえし出来そうですの。今晩《こんばん》か、でなければ、あした、とにかく、はっきり見込みがついたのですから、もうご心配なさらないで。」

「おや、まあ、それはどうも。」

と言って、おかみさんは、ちょっとうれしそうな顔をしましたが、それでも何か腑《ふ》に落ちないような不安な影《かげ》がその顔のどこやらに残っていました。

「おばさん、本当よ。かくじつに、ここへ持って来てくれるひとがあるのよ。それまで私は、人質《ひとじち》になって、ここにずっといることになっていますの。それなら、安心でしょう？お金が来るまで、私はお店のお手伝いでもさせていただくわ。」

私は坊やを背中からおろし、奥の六畳間《ろくじょうま》にひとりで遊ばせておいて、くるくると立ち働いて見せました。坊やは、もともとひとり遊びには馴《な》れておりますので、少しも邪魔《じゃま》になりません。また頭が悪いせいか、人見知りをしないたちなので、おかみさんにも笑いかけたりして、私がおかみさんのかわりに、おかみさんの家の配給物《はいきゅうぶつ》をとりに行ってあげている留守《るす》にも、おかみさんからアメリカの罐詰《かんづめ》の殻《から》を、おもちゃ代わりにもらって、それを叩《たた》いたりころがしたりしておとなしく六畳間の隅《すみ》で遊んでいたようでした。

お昼ごろ、ご亭主《ていしゅ》がおさかなや野菜の仕入れをして帰って来ました。私は、ご亭主の顔を見るなり、また早口に、おかみさんに言ったのと同様の嘘《うそ》を申しました。

ご亭主は、きょとんとした顔になって、

「へえ？　しかし、奥さん、お金ってものは、自分の手に、握《にぎ》ってみないうちは、あてにならないものですよ。」

と案外《あんがい》、しずかな、教えさとすような口調で言いました。

「いいえ、それがね、本当にたしかなのよ。だから、私を信用して、おもて沙汰《ざた》にするのは、きょう一日待ってくださいな。それまで私は、このお店でお手伝いしていますから。」

「お金が、かえって来れば、そりゃもう何も、」とご亭主は、ひとりごとのように言い、「何せことしも、あと五、六日なのですからね。」

「ええ、だから、それだから、あの私は、おや？　お客さんですわよ。いらっしゃいまし。」と私は、店へはいって来た三人連れの職人ふうのお客に向かって笑いかけ、それから小声で、「おばさん、すみません。エプロンを貸してくださいな。」

「や、美人を雇《やと》いやがった。こいつあ、凄《すご》い。」

と客のひとりが言いました。

「誘惑《ゆうわく》しないでくださいよ。」とご亭主は、まんざら冗談《じょうだん》でもないような口調で言い、「お金のかかっているからだですから。」

「百万ドルの名馬か？」

ともうひとりの客は、げびた洒落《しゃれ》を言いました。

「名馬も、雌《めす》は半値だそうです。」

と私は、お酒のお燗《かん》をつけながら、負けずに、げびた受けこたえをいたしますと、

「けんそんするなよ。これから日本は、馬でも犬でも、男女同権だってさ。」と一ばん若いお客が、怒鳴《どな》るように言いまして、「ねえさん、おれは惚《ほ》れた。一目惚《ひとめぼ》れだ。が、しかし、お前は、子持ちだな?」

「いいえ。」と奥から、おかみさんは、坊やを抱いて出て来て、「これは、こんど私どもが親戚《しんせき》からもらって来た子ですの。これでもう、やっと私どもにも、あとつぎが出来たというわけですわ。」

「金も出来たし。」

と客のひとりが、からかいますと、ご亭主《ていしゅ》はまじめに、

「いろも出来、借金も出来」と呟《つぶや》き、それから、ふいと語調をかえて、「何にしますか? よせ鍋《なべ》でも作りましょうか?」

と客にたずねます。私には、その時、あることが一つ、わかりました。やはりそうか、と自分でひとり首肯《うなず》き、うわべは何気《なにげ》なく、お客にお銚子《ちょうし》を運びました。

その日は、クリスマスの、前夜祭《ぜんやさい》とかいうのに当っていたようで、そのせいか、お客が

絶えることなく、次々とまいりまして、私は朝からほとんど何一つ戴《いただ》いておらなかったのでございますが、胸に思いがいっぱい籠《こも》っているためか、おかみさんから何かおあがりと勧《すす》められても、いいえたくさんと申しまして、そうしてただもう、くるくると羽衣《はごろも》一まいを纏《まと》って舞っているように身軽く立ち働き、自惚《うぬぼ》れかも知れませぬけれども、その日のお店は異様に活気づいていたようで、私の名前をたずねたり、また握手《あくしゅ》などを求めたりするお客さんが二人、三人どころではございませんでした。

けれども、こうしてどうなるのでしょう。私には何も一つも見当《けんとう》が付いていないのでした。ただ笑って、お客のみだらな冗談《じょうだん》にこちらも調子を合わせて、さらにもっと下品な冗談を言いかえし、客から客へ滑《すべ》り歩いてお酌《しゃく》して廻《まわ》って、そうしてそのうちに、自分のこのからだがアイスクリームのように溶けて流れてしまえばいい、などと考えるだけでございました。

奇蹟《きせき》はやはり、この世の中にも、ときたま、あらわれるものらしゅうございます。

九時すこし過ぎくらいのころでございましたでしょうか。クリスマスのお祭りの、紙の三角帽《さんかくぼう》をかぶり、ルパンのように顔の上半分を覆《おお》いかくしている黒の仮面《かめん》をつけた男と、それから三十四、五の痩《や》せ型《がた》の綺麗《きれい》な奥さんと二人連れの客が見えまして、男のひとは、私どもには後ろ向きに、土間《どま》の隅《すみ》の椅子《いす》に腰を下ろしましたが、私はその人がお店にはいってくるとすぐに、誰《だれ》だか解《わか》りました。どろぼうの夫です。

向こうでは、私のことに何も気付かぬようでしたので、私も知らぬふりして他のお客とふざけ合い、そうして、その奥さんが夫と向かい合って腰かけて、

「ねえさん、ちょっと。」

と呼びましたので、

「へえ。」

と返辞《へんじ》して、お二人のテーブルのほうにまいりまして、

「いらっしゃいまし。お酒でございますか？」

と申しました時に、ちらと夫は仮面の底から私を見て、さすがに驚いた様子でしたが、私はその肩を軽く撫《な》でて、

「クリスマスおめでとうって言うの？　なんていうの？　もう一升《しょう》くらいは飲めそうね」

と申しました。

奥さんはそれには取り合わず、改まった顔つきをして、

「あの、ねえさん、すみませんがね、ここのご主人にないないお話し申したいことがございますのですけど、ちょっとここへご主人を。」

と言いました。

私は奥で揚物《あげもの》をしているご亭主《ていしゅ》のところへ行き、

「大谷が帰ってまいりました。会ってやってくださいまし。でも、連れの女のかたに、私のことは黙《だま》っていてくださいね。大谷が恥ずかしい思いをするといけませんから。」

「いよいよ、来ましたね。」

ご亭主は、私の、あの嘘《うそ》を半《なか》ばは危《あやぶ》みながらも、それでもかなり信用していてくれたもののようで、夫が帰って来たことも、それも私の何か差しがねによってのことと単純に合点《がてん》している様子でした。

「私のことは、黙《だま》っててね。」

と重《かさ》ねて申しますと、

「そのほうがよろしいのでしたら、そうします。」

と気さくに承知して、土間《どま》に出て行きました。

ご亭主は土間のお客を一わたりざっと見廻《みまわ》し、それからまっすぐに夫のいるテーブルに歩《あゆ》み寄って、その綺麗《きれい》な奥さんと何か二言、三言話を交わして、それから三人そろって店から出て行きました。

もういいのだ。万事が解決してしまったのだと、なぜだかそう信ぜられて、流石《さすが》にうれしく、紺絣《こんがすり》の着物を着たまだはたち前くらいの若いお客さんの手首を、だしぬけに強く

摑《つか》んで、

「飲みましょうよ、ね、飲みましょう。クリスマスですもの。」

三

ほんの三十分、いいえ、もっと早いくらい、おや、と思ったくらいに早く、ご亭主《ていしゅ》がひとりで帰って来まして、私の傍《そば》に寄り、

「奥さん、ありがとうございました。お金はかえしていただきました。」

「そう。よかったわね。全部？」

ご亭主は、へんな笑い方をして、

「ええ、きのうの、あの分《ぶん》だけはね。」

「これまでのが全部で、いくらなの？　ざっと、まあ、大負けに負けて。」

「二万円。」

「それだけでいいの？」

「大負けに負けました。」

「おかえしいたします。おじさん、あすから私を、ここで働かせてくれない？　ね、そう

して！　働いて返すわ。」

「へえ？　奥さん、とんだ、おかる[*6]だね。」

　私たちは、声を合わせて笑いました。

　その夜、十時すぎ、私は中野《なかの》の店をおいとまして、坊《ぼう》やを背負い、小金井《こがねい》の私たちの家にかえりました。やはり夫は帰って来ていませんでしたが、しかし私は、平気でした。あすまた、あのお店へ行けば、夫に逢《あ》えるかも知れない。どうして私はいままで、こんないいことに気づかなかったのかしら。きのうまでの私の苦労も、所詮《しょせん》は私が馬鹿《ばか》で、こんな名案《めいあん》に思いつかなかったからなのだ。私だって昔は浅草《あさくさ》の父の屋台で、客あしらいは決して下手《へた》ではなかったのだから、これからあの中野のお店できっと巧《うま》く立ちまわれるに違いない。現に今夜《こんや》だって私は、チップを五百円ちかくもらったのだもの。

　ご亭主の話によると、夫は昨夜あれからどこか知り合いの家へ行って泊まったらしく、それから、けさ早く、あの綺麗《きれい》な奥さんの営《いとな》んでいる京橋《きょうばし》のバーを襲《おそ》って、朝からウイスキーを飲み、そうして、そのお店に働いている五人の女の子に、クリスマス・プレゼントだと言って無闇《むやみ》にお金をくれてやって、それからお昼ごろにタキシーを呼び寄せさせてどこかへ行き、しばらくたって、クリスマスの三角帽《さんかくぼう》やら仮面《かめん》やら、デコレーションケーキやら七面鳥まで持ち込んで来て、四方に電話を掛けさせ、お知り合いの方たちを呼び集め、大宴会をひらいて、いつもちっともお金を持っていない人なのにと、バーのマダムが不審《ふしん》がって、そっと問いただしてみたら、夫は平然と、昨夜のことを洗いざらいそのまま言うので、そのマダムも前から大谷とは他人の仲ではないらしく、とにかくそれは警察沙汰《ざた》になって騒《さわ》ぎが大きくなっても、つまらないし、かえさなければなりませんと親身《しんみ》に言って、お金はそのマダムがたてかえて、そうして夫に案内させ、中野のお店に来てくれたのだそうで、中野のお店のご亭主《ていしゅ》は私に向かって、

「たいがい、そんなところだろうとは思っていましたが、しかし、奥さん、あなたはよくその方角にお気が付きましたね。大谷さんのお友だちにでも頼《たの》んだのですか。」

とやはり私が、はじめからこうしてかえって来るのを見越して、このお店に先廻《さきまわ》りして待っていたもののように考えているらしい口ぶりでしたから、私は笑って、

「ええ、そりゃもう。」

とだけ、答えておきましたのです。

その翌《あく》る日からの私の生活は、今までとはまるで違って、浮々《うきうき》した楽しいものになりました。さっそく電髪屋《でんぱつや》＊7に行って、髪の手入れもいたしましたし、お化粧品も取りそろえまして、着物を縫《ぬ》い直したり、また、おかみさんから新しい白足袋《しろたび》を二足もいただき、これまでの胸の中の重苦しい思いが、きれいに拭《ぬぐ》い去られた感じでした。

朝起きて坊《ぼう》やと二人でご飯をたべ、それから、お弁当をつくって坊やを背負い、中野《なかの》にご出勤ということになり、大みそか、お正月、お店のかきいれどきなので、椿屋《つばきや》の、さっちゃん、というのがお店での私の名前なのでございますが、そのさっちゃんは毎日、眼《め》のまわるくらいの大忙《おおいそが》しで、二日に一度くらいは夫も飲みにやってまいりまして、お勘定《かんじょう》は私に払わせて、またふっといなくなり、夜おそく私のお店を覗《のぞ》いて、

「帰りませんか。」

とそっと言い、私も首肯《うなず》いて帰り支度《じたく》をはじめ、一緒にたのしく家路《いえじ》をたどることも、しばしばございました。

「なぜ、はじめからこうしなかったのでしょうね。とっても私は幸福よ。」

「女には、幸福も不幸もないものです。」

「そうなの？　そう言われると、そんな気もして来るけど、それじゃ、男のひとは、どうなの？」

「男には、不幸だけがあるんです。いつも恐怖と、戦ってばかりいるのです。」

「わからないわ、私には。でも、いつまでも私、こんな生活をつづけて行きとうございますわ。椿屋のおじさんも、おばさんも、とてもいいお方ですもの。」

「馬鹿《ばか》なんですよ、あのひとたちは。田舎者《いなかもの》ですよ。あれでなかなか欲張りでね。僕《ぼく》に飲

ませて、おしまいには、もうけようと思っているのです。」

「そりゃ商売ですもの、当たり前だわ。だけど、それだけでもないんじゃない？　あなたは、あのおかみさんを、かすめたでしょう。」

「昔ね。おやじは、どう？　気付いているの？」

「ちゃんと知っているらしいわ。いろも出来、借金も出来、といつか溜息《ためいき》まじりに言ってたわ。」

「僕はね、キザのようですけど、死にたくて、しようがないんです。生まれた時から、死ぬことばかり考えていたんだ。皆のためにも、死んだほうがいいんです。それはもう、たしかなんだ。それでいて、なかなか死ねない。へんな、こわい神様みたいなものが、僕の死ぬのを引きとめるのです。」

「お仕事が、おありですから。」

「仕事なんてものは、なんでもないんです。傑作《けっさく》も駄作《ださく》もありゃしません。人がいいと言えば、よくなるし、悪いと言えば、悪くなるんです。ちょうど吐くいきと、引くいきみたいなものなんです。おそろしいのはね、この世の中の、どこかに神がいる、ということなんです。いるんでしょうね？」

「え？」

「いるんでしょうね？」

「私には、わかりませんわ。」

「そう」

十日《とおか》、二十日《はつか》とお店にかよっているうちに、私には、椿屋《つばきや》にお酒を飲みに来ているお客さんがひとり残らず犯罪人《はんざいにん》ばかりだということに、気がついてまいりました。夫などはまだまだ、優《やさ》しいほうだと思うようになりました。また、お店のお客さんばかりでなく、路《みち》を歩いている人みなが、何か必ずうしろ暗い罪《つみ》をかくしているように思われて来ました。立派《りっぱ》な身なりの、五十年配の奥さんが、椿屋の勝手口《かってぐち》にお酒を売りに来て、一升《しょう》三百円、とはっきり言いまして、それはいまの相場にしては安いほうですので、おかみさんがすぐに引きとってやりましたが、水酒でした。あんな上品そうな奥さんさえ、こんなことをたくらまなければならなくなっている世の中で、我が身にうしろ暗いところが一つもなくて生きて行くことは、不可能だと思いました。トランプの遊びのように、マイナスを全部あつめるとプラスに変わるということは、この世の道徳には起こり得ないことでしょうか。

神がいるなら、出て来て下さい！　私は、お正月の末《すえ》に、お店のお客にけがされました。

その夜は、雨が降っていました。夫は、あらわれませんでしたが、夫の昔からの知り合いの出版のほうの方で、時たま私のところへ生活費をとどけてくださった矢島《やじま》さんが、その同業のお方らしい、やはり矢島さんくらいの四十年配のお方と二人でお見えになり、お酒を飲みながら、お二人で声高く、大谷の女房《にようぼう》がこんなところで働いているのは、よろしくないとか、よろしいとか、半分は冗談《じようだん》みたいに言い合い、私は笑いながら、

「その奥さんは、どこにいらっしゃるの？」

とたずねますと、矢島さんは、

「どこにいるのか知りませんがね、すくなくとも、椿屋のさっちゃんよりは、上品で綺麗《きれい》だ。」

と言いますので、

「やけるわね。大谷さんみたいな人となら、私は一夜でもいいから、添《そ》ってみたいわ。私はあんな、ずるいひとが好き。」

「これだからねえ。」

と矢島さんは、連れのお方のほうに顔を向け、口をゆがめて見せました。

そのころになると、私が大谷という詩人の女房《にようぼう》だということが、夫と一緒にやって来る記者のお方たちにも知られていましたし、またそのお方たちから聞いてわざわざ私をからかいにおいでになる物好《ものず》きなお方などもありまして、お店はにぎやかになる一方で、ご亭主《ていしゆ》のご機嫌《きげん》もいよいよ、まんざらでございませんでしたのです。

その夜は、それから矢島さんたちは紙の闇取引《やみとりひき》の商談などして、お帰りになったのは十時すぎで、私も今夜《こんや》は雨も降るし、夫もあらわれそうもございませんでしたので、お客さんがまだひとり残っておりましたけれども、そろそろ帰り支度《じたく》をはじめて、奥の六畳《ろくじょう》の隅《すみ》に寝ている坊やを抱き上げて背負い、

「また、傘《かさ》をお借りしますわ。」

と小声でおかみさんにお頼《たの》みしますと、

「傘なら、おれも持っている。お送りしましょう。」

とお店に一人のこっていた二十五、六の、痩《や》せて小柄《こがら》な工員ふうのお客さんが、まじめな顔をして立ち上がりました。それは、私には今夜《こんや》がはじめてのお客さんでした。

「はばかりさま。ひとり歩きには馴《な》れていますから」

「いや、お宅は遠い。知っているんだ。おれも、小金井《こがねい》の、あの近所の者なんだ。お送りしましょう。おばさん、勘定《かんじょう》をたのむ。」

お店では三本飲んだだけで、そんなに酔《よ》ってもいないようでした。

一緒に電車に乗って、小金井で降りて、それから雨の降るまっくらい路《みち》を相合傘《あいあいがさ》で、ならんで歩きました。その若いひとは、それまでほとんど無言でいたのでしたが、ぽつりぽつり言いはじめ、

「知っているのです。おれはね、あの大谷先生の詩のファンなのですよ。おれもね、詩を書いているのですがね。そのうち、大谷先生に見ていただこうと思っていたのですがね。どうもね、あの大谷先生が、こわくてね。」

家につきました。

「ありがとうございました。また、お店で。」

「ええ、さようなら。」

若いひとは、雨の中を帰って行きました。

深夜、がらがらと玄関のあく音に、眼《め》をさましましたが、れいの夫の泥酔《でいすい》のご帰宅かと思い、そのまま黙《だま》って寝ていましたら、

「ごめんください。大谷さん、ごめんください。」

という男の声がいたします。

起きて電灯をつけて玄関に出て見ますと、さっきの若いひとが、ほとんど直立できにくいくらいにふらふらして、

「奥さん、ごめんなさい。かえりにまた屋台で一ぱいやりましてね、実はね、おれの家は立川《たちかわ》でね、駅へ行ってみたらもう、電車がねえんだ。奥さん、たのみます。泊めてください。ふとんも何も要《い》りません。この玄関の式台《しきだい》でもいいのだ。あしたの朝の始発が出るま

で、ごろ寝させてください。雨さえ降ってなけや、その辺《へん》の軒下《のきした》にでも寝るんだが、この雨では、そうもいかねえ。たのみます。」

「主人もおりませんし、こんな式台でよろしかったら、どうぞ。」

と私は言い、破《やぶ》れた座蒲団《ざぶとん》を二枚、式台に持って行ってあげました。

「すみません。ああ酔《よ》った。」

と苦しそうに小声で言い、すぐにそのまま式台に寝ころび、私が寝床《ねどこ》に引き返した時には、もう高い鼾《いびき》が聞こえていました。

そうして、その翌《あく》る日のあけがた、私は、あっけなくその男の手にいれられました。

その日も私は、うわべは、やはり同じように、坊やを背負って、お店の勤《つと》めに出かけました。

中野のお店の土間《どま》で、夫が、酒のはいったコップをテーブルの上に置いて、ひとりで新聞を読んでいました。コップに午前の陽《ひ》の光が当たって、きれいだと思いました。

「誰《だれ》もいないの?」

夫は、私のほうを振り向いて見て、

「うん。おやじはまだ仕入れから帰らないし、ばあさんは、ちょっといままでお勝手《かって》のほうにいたようだったけど、いませんか?」

「ゆうべは、おいでにならなかったの？」

「来ました。椿屋《つばきや》のさっちゃんの顔を見ないとこのごろ眠れなくなってね、十時すぎにここを覗《のぞ》いてみたら、いましがた帰りましたというのでね。」

「それで？」

「泊まっちゃいましたよ、ここへ。雨はざんざ降っているし。」

「あたしも、こんどから、このお店にずっと泊めてもらうことにしようかしら。」

「いいでしょう、それも。」

「そうするわ。あの家をいつまでも借りてるのは、意味ないもの。」

夫は、黙《だま》ってまた新聞に眼《め》をそそぎ、

「やあ、また僕の悪口を書いている。エピキュリアン*8のにせ貴族だってさ。こいつは、当たっていない。神におびえるエピキュリアン、とでも言ったらよいのに。さっちゃん、ごらん、ここに僕のことを、人非人なんて書いていますよ。違うよねえ。僕は今だから言うけれども、去年の暮《くれ》にね、ここから五千円持って出たのは、さっちゃんと坊やに、あのお金で久しぶりのいいお正月をさせたかったからです。人非人でないから、あんなこともしでかすのです」

私は格別うれしくもなく、

「人非人でもいいじゃないの。私たちは、生きていさえすればいいのよ。」
と言いました。

（一九四七年三月）

秋《しゅう》風《ふう》記《き》

立ちつくし、
ものを思へば、
ものみなの物語めき、
（生田長江《いくたちょうこう》）＊1

あの、私は、どんな小説を書いたらいいのだろう。私は、物語の洪水《こうずい》の中に住んでいる。役者になれば、よかった。私は、私の寝顔をさえスケッチできる。

私が死んでも、私の死顔《しにがお》を、きれいにお化粧してくれる、かなしいひとだって在《あ》るのだ。Kが、それをしてくれるであろう。

Kは、私より二つ年上なのだから、ことし三十二歳の女性である。

Kを、語ろうか。

Kは、私とは別段、血のつながりはないのだけれど、それでも小さいころから私の家と往復して、家族同様になっている。そうして、いまはKも、私と同じように、「生まれて来なければよかった。」と思っている。生まれて、十年たたぬうちに、この世の、いちばん美しいものを見てしまった。いつ死んでも、悔《く》いがない。けれども、Kは、生きている。

子供のために生きている。それから、私のために、生きている。

「K、僕《ぼく》を、憎《にく》いだろうね。」

「ああ、」Kは、厳粛《げんしゆく》にうなずく。「死んでくれたらいいと思うことさえあるの。」

ずいぶん、たくさんの身内が死んだ。いちばん上の姉は、二十六で死んだ。父は、五十三で死んだ。末《すえ》の弟は、十六で死んだ。三ばん目の兄は、二十七で死んだ。ことしになって、そのすぐ次の姉が、三十四で死んだ。甥《おい》は、二十五で、従弟《いとこ》は、二十一で、どちらも私になついていたのに、やはり、ことし、相《あい》ついで死んだ。

どうしても、死ななければならぬわけがあるのなら、打ち明けておくれ、私には、何もできないだろうけれど、二人で語ろう。一日に、一語ずつでもよい。ひとつきかかっても、ふたつきかかってもよい。私と一緒に、遊んでいておくれ。それでも、なお生きてゆくあてがつかなかったときには、いいえ、そのときになっても、君ひとりで死んではいけない。そのときには、私たち、みんな一緒に死のう。残されたものが、可哀《かわい》そうです。君よ、知るや、あきらめの民《たみ》の愛情の深さを。

Kは、そうして、生きている。

ことしの晩秋、私は、格子縞《こうしじま》の鳥打帽《とりうちぼう》をまぶかにかぶって、Kを訪れた。口笛を三度すると、Kは、裏木戸《うらきど》をそっとあけて、出て来る。

「いくら?」

「お金じゃない。」

Kは、私の顔を覗《のぞ》きこむ。

「死にたくなった?」

「うん。」

Kは、かるく下唇《したくちびる》を噛《か》む。

「いまごろになると、毎年きまって、いけなくなるらしいのね。寒さが、こたえるのかしら。羽織《はおり》ないの? おや、おや、素足で。」

「こういうのが、粋《いき》なんだそうだ。」

「誰《だれ》が、そう教えたの?」

私は溜息《ためいき》をついて、「誰も教えやしない。」

Kも小さい溜息をつく。

「誰か、いいひとがないものかねえ。」

私は、微笑《びしょう》する。

「Kとふたりで、旅行したいのだけれど。」

Kは、まじめに、うなずく。

わかっているのだ。みんな、みんな、わかっているのだ。Kは、私を連れて旅に出る。この子を死なせてはならない。

その日の真夜中、ふたり、汽車に乗った。汽車が動き出して、Kも、私も、やっと、なんだか、ほっとする。

「小説は？」

「書けない。」

まっくら闇《やみ》の汽車の音は、トラタタ、トラタタ、トラタタタ。

「たばこ、のむ？」

Kは、三種類の外国煙草《たばこ》を、ハンドバッグから、つぎつぎ取り出す。

いつか、私は、こんな小説を書いたことがある。死のうと思った主人公が、いまわの際《きわ》に、一本の、かおりの高い外国煙草を吸ってみた、そのほのかなよろこびのために、死ぬること、思いとどまった、そんな小説を書いたことがある。Kは、それを知っている。

私は、顔をあからめた。それでも、きざに、とりすまして、その三種類の外国煙草を、依怙贔屓《えこひいき》なく、一本ずつ、順々に吸ってみる。

横浜《よこはま》で、Kは、サンドイッチを買い求める。

「たべない？」

Kは、わざと下品に、自分でもりもり食べて見せる。

私も、落ちついて一きれ頬《ほお》ばる。塩からかった。

「ひとことでも、ものを言えば、それだけ、みんなを苦しめるような気がして、むだに、くるしめるような気がして、いっそ、だまって微笑《ほほえ》んでいれば、いいのだろうけれど、僕は作家なのだから、何か、ものを言わなければ暮らしてゆけない作家なのだから、ずいぶん、骨が折れます。僕には、花一輪をさえ、ほどよく愛することができません。ほのかな匂《にお》いを愛《め》づるだけでは、とても、がまんができません。突風《とつぷう》のごとく手折《たお》って、掌《てのひら》にのせて、花びらむしって、それから、もみくちゃにして、たまらなくなって泣いて、唇《くちびる》のあいだに押し込んで、ぐしゃぐしゃに噛《か》んで、吐き出して、下駄《げた》でもって踏みにじって、それから、自分で自分をもてあまします。自分を殺したく思います。僕は、人間でないのかも知れない。僕はこのごろ、ほんとうに、そう思うよ。僕は、あの、サタンではないのか。殺生石《せつしようせき》＊2。毒きのこ。まさか、吉田御殿《よしだごてん》＊3とは言わない。だって、僕は、男だもの。」

「どうだか。」Kは、きつい顔をする。

「Kは、僕を憎《にく》んでいる。僕の八方美人《はつぽうびじん》を憎んでいる。ああ、わかった。Kは、僕の強さを信じている。僕の才を買いかぶっている。そうして、僕の努力を、ひとしれぬ馬鹿《ばか》な努力を、ごぞんじないのだ。らっきょうの皮を、むいてむいて、しんまでむいて、何もない。きっとある、何かある、それを信じて、また、べつの、らっきょうの皮を、むいて、むいて、何もない、この猿《さる》のかなしみ、わかる？　ゆきあたりばったりの万人を、ことごとく愛しているということは、誰《だれ》をも、愛していないということだ。」

Kは、私の袖《そで》をひく。私の声は、人並《ひとなみ》はずれて高いのである。

私は、笑いながら、「ここにも、僕の宿命がある。」

湯河原《ゆがわら》。下車。

「何もない、ということ、嘘《うそ》だわ。」Kは宿のどてらに着換えながら、そう言った。「この、どてらの柄《がら》は、この青い縞《しま》は、こんなに美しいじゃないの？」

「ああ、」私は、疲れていた。「さっきの、らっきょうの話？」

「ええ、」Kは、着換えて、私のすぐ傍《そば》にひっそり坐《すわ》った。「あなたは、現在を信じない。いまの、この、刹那《せつな》を信じることできる？」

Kは少女のように無心《むしん》に笑って、私の顔を覗《のぞ》き込む。

「刹那《せつな》は、誰《だれ》の罪《つみ》でもない。誰の責任でもない。それは判《わか》っている。」私は、旦那様《だんなさま》のようにちゃんと座蒲団《ざぶとん》に坐《すわ》って、腕組みしている。「けれども、それは、僕にとって、いのちのよろこびにはならない。死ぬる刹那の純粋だけは、信じられる。けれども、この世のよろこびの刹那は、——」

「あとの責任が、こわいの？」

Kは、小さくはしゃいでいる。

「どうにも、あとしまつができない。花火は一瞬《いっしゅん》でも、肉体は、死にもせず、ぶざまにいつまでも残っているからね。美しい極光を見た刹那《せつな》に、肉体も、ともに燃えてあとかたもなく焼失してしまえば、たすかるのだが、そうもいかない。」

「意気地《いくじ》がないのね。」

「ああ、もう、言葉は、いやだ。なんとでも言える。刹那《せつな》のことは、刹那主義者に問え、だ。手をとって教えてくれる。みんな自分の料理法のご自慢だ。人生への味付けだ。思い出に生きるか、いまのこの刹那に身をゆだねるか、それとも、——将来の希望とやらに生きるか、案外《あんがい》、そんなところから人間の馬鹿《ばか》と悧巧《りこう》のちがいが、できて来るのかも知れない。」

「あなたは、ばかなの？」

「およしよ、K。ばかも悧巧《りこう》もない。僕たちは、もっとわるい。」

「教えて！」

「ブルジョア。」*4

それも、おちぶれたブルジョア。罪《つみ》の思い出だけに生きている。ふたり、たいへん興《きょう》ざめして、そそくさと立ちあがり、手拭《てぬぐ》い持って、階下の大浴場へ降りて行く。

過去も、明日も、語るまい。ただ、このひとときを、情にみちたひとときを、と沈黙《ちんもく》のうちに固く誓約《せいやく》して、私も、Kも旅に出た。家庭の事情を語ってはならぬ。身のくるしさを語ってはならぬ。明日の恐怖を語ってはならぬ。人の思惑《おもわく》を語ってはならぬ。きのうの恥を語ってはならぬ。ただ、このひとときを、せめて、このひとときのみ、静謐《せいひつ》であれ、と念じながら、ふたり、ひっそりからだを洗った。

「K、僕のおなかのここんとこに、傷跡《きずあと》があるだろう？　これ、盲腸《もうちょう》の傷だよ。」

Kは、母のように、やさしく笑う。

「Kの脚《あし》だって長いけれど、僕の脚、ほら、ずいぶん長いだろう？　できあいのズボンじゃ、だめなんだ。何かにつけて不便な男さ。」

Kは、暗闇《くらやみ》の窓を見つめる。

「ねえ、よい悪事《あくじ》って言葉、ないかしら。」

「よい悪事。」私も、うっとり呟《つぶや》いてみる。

「雨？」Kは、ふと、きき耳を立てる。

「谷川だ。すぐ、この下を流れている。朝になってみると、この浴場の窓いっぱい紅葉だ。すぐ鼻のさきに、おや、と思うほど高い山が立っている。」

「ときどき来るの？」

「いいえ。いちど。」

「死にに。」

「そうだ。」

「そのとき遊んだ？」

「遊ばない。」

「今夜《こんや》は？」Kは、すましている。

私は笑う。「なあんだ、それがKの、よい悪事《あくじ》か。なあんだ。僕はまた、――」

「なに。」

私は決意して、「僕と、一緒に死ぬのかと思った。」

「ああ、」こんどは、Kが笑った。「わるい善行《ぜんこう》って言葉も、あるわよ。」

浴場のながい階段を、一段、一段、ゆっくりゆっくり上るごとに、よい悪事《あくじ》、わるい善《ぜん》行《こう》、よい悪事、わるい善行、よい悪事、わるい善行、……。

芸者をひとり、よんだ。

「私たち、ふたりでいると、心中《しんじゆう》しそうで危ないから、今夜は寝ないで番をしてくださいな。死神《しにがみ》が来たら、追《お》っ払《ぱら》うんですよ。」Kがまじめにそう言うと、

「承知いたしました。まさかのときには、三人心中というてもあります。」と答えた。

観世縒《かんぜより》＊5に火を点じて、その火の消えないうちに、命じられたものの名を言って隣《となり》の人に手渡す、あの遊戯《ゆうぎ》をはじめた。ちっとも役に立たないもの。はい。

「片方割れた下駄《げた》。」

「歩かない馬。」

「破《やぶ》れた三味線《しやみせん》。」

「写らない写真機。」

「つかない電球。」

「飛ばない飛行機。」

「それから、――」

「早く、早く。」

「真実。」

「え？」

「真実。」

「野暮《やぼ》だなあ。じゃあ、忍耐《にんたい》。」

「むずかしいのねえ、私は、苦労。」

「向上心。」

「デカダン[*6]。」

「おとといのお天気。」

「私。」Kである。

「僕。」

「じゃあ、私も、――私。」火が消えた。芸者のまけである。

「だって、むずかしいんだもの。」芸者は、素直にくつろいでいた。

「K、冗談《じょうだん》だろうね。真実も、向上心も、Kご自身も、役に立たないなんて、冗談だろうね。僕みたいな男だっても、生きている限りは、なんとかして、立派《りっぱ》に生きていたいとあがいているのだ。Kは、ばかだ。」

「おかえり。」Kも、きっとなった。「あなたのまじめさを、あなたのまじめな苦しさを、そんなに皆に見せびらかしたいの？」

　芸者の美しさが、よくなかった。

「かえる。東京へかえる。お金くれ。かえる。」私は立ちあがって、どてらを脱《ぬ》いだ。Kは、私の顔を見上げたまま、泣いている。かすかに笑顔《えがお》を残したまま、泣いている。私は、かえりたくなかった。誰《だれ》も、とめてはくれないのだ。えい、死のう、死のう。私は、着物に着換《きが》えて足袋《たび》をはいた。

宿を出た。走った。

橋のうえで立ちどまって、下の白い谷川の流れを見つめた。自分を、ばかだと思った。ばかだ、ばかだ、と思った。

「ごめんなさい。」ひっそりKは、うしろに立っている。

「ひとを、ひとをいたわるのも、ほどほどにするがいい。」私は泣き出した。

宿へかえると、床《とこ》が二つ敷《し》かれていた。私は、ヴェロナアル*7を一服《いっぷく》のんで、すぐに眠ったふりをした。しばらくして、Kは、そっと起きあがり、同じ薬を一服のんだ。

あくる日は、ひるすぎまで、床《とこ》の中でうつらうつらしていた。Kはさきに起きて、廊下の雨戸《あまど》をいちまいあけた。雨である。

私も起きて、Kと語らず、ひとりで浴場へ降りていった。

ゆうべのことは、ゆうべのこと。ゆうべのことは、ゆうべのこと。——無理矢理《むりやり》、自分に言いきかせながら、ひろい湯槽《ゆぶね》をかるく泳ぎまわった。

湯槽《ゆぶね》から這《は》い出て、窓をひらき、うねうね曲がって流れている白い谷川を見おろした。

私の背中に、ひやと手を置く。裸身《らしん》のKが立っている。

「鶺鴒《せきれい》。」Kは、谷川の岸の岩に立ってうごいている小鳥を指さす。「せきれいは、ステッキに似ているなんて、いい加減《かげん》の詩人ね。あの鶺鴒は、もっときびしく、もっとけなげで、どだい、人間なんてものを問題にしていない。」

私も、それを思っていたのだ。

Kは、湯槽《ゆぶね》にからだを、滑《すべ》りこませて、

「紅葉《もみじ》って、派手《はで》な花なのね。」

「ゆうべは、――」私が言い澱《よど》むと、

「ねむれた?」無心にたずねるKの眼《め》は、湖水《こすい》のように澄んでいる。

私は、ざぶんと湯槽《ゆぶね》に飛び込み、「Kが生きているうち、僕は死なない、ね。」

「ブルジョアって、わるいものなの?」

「わるいやつだ、と僕は思う。わびしさも、苦悩も、感謝も、みんな趣味だ。ひとりよがりだ。プライドだけで生きている。」

「ひとの噂《うわさ》だけを気にしていて、」Kは、すらと湯槽《ゆぶね》から出て、さっさとからだを拭《ふ》きながら、「そこに自分の肉体が在《あ》ると思っているのね。」

「富めるものの天国に入《い》るは、*8 ――」そう冗談《じょうだん》に言いかけて、ぴしと鞭打《むちう》たれた。「人なみの仕合《しあわ》せは、むずかしいらしいよ。」


Kはサロンで紅茶を飲んでいた。

雨のせいか、サロンは賑《にぎ》わっていた。

「この旅行が、無事にすむと、」私は、Kとならんで、山の見える窓際《まどぎわ》の椅子《いす》に腰をおろした。Kに何か贈り物しようか。」

「十字架。」そう呟《つぶや》くKの頸《くび》は、細く、かよわく見えた。

「ああ、ミルク。」女中にそう言いつけてから、「K、やっぱり怒っているね。ゆうべ、かえるなんて乱暴なこと言ったの、あれ、芝居だよ。僕、――舞台中毒《ちゅうどく》かも知れない。一日にいちど、何か、こう、きざに気取ってみなければ、気がすまないのだ。生きて行けないのだ。いまだって、ここにこうやって坐《すわ》っていても、死ぬほど気取っているつもりなのだよ。」

「恋は？」

「自分の足袋《たび》のやぶれが気にかかって、それで、失恋してしまった晩もある。」

「ねえ、私の顔、どう?」Kは、まともに顔をちか寄せる。

「どう、って。」私は顔をしかめる。

「きれい?」よそのひとのような感じで、「わかく見える?」

私は、殴《なぐ》りつけたく思う。

「K、そんなに、さびしいのか。K、おぼえておくがいい。Kは、良妻賢母《りょうさいけんぼ》で、それから、僕は不良少年、ひとの屑《くず》だ。」

「あなただけ、」言いかけたとき、女中がミルクを持って来る。「あ、どうも。」

「くるしむことは、自由だ。」私は、熱いミルクを啜《すす》りながら、「よろこぶことも、そのひとの自由だ。」

「ところが、私、自由じゃない。両方とも。」

私は深い溜息《ためいき》をつく。

「K、うしろに五、六人、男がいるね。どれがいい?」

つとめ人らしい若いのが四人、麻雀《マージャン》をしている。ウイスキーソーダを飲みながら新聞を読んでいる中年の男が、二人。

「まんなかのが。」Kは、山々の面《おもて》を拭《ふ》いてあるいている霧《きり》の流《なが》れを眺《なが》めながら、ゆっくり呟《つぶや》く。

ふりむいて、みると、いつのまにか、いまひとりの青年が、サロンのまんなかに立っていて、ふところ手《で》のまま、入口の右隅《みぎすみ》にある菊《きく》の生花を見つめている。

「菊は、むずかしいからねえ。」Kは、生花の、なんとか流の、いい地位にいた。

「ああ、古い、古い。あいつの横顔、晶助《しょうすけ》兄さんにそっくりじゃないか。ハムレット。」

その兄は、二十七で死んだ。彫刻をよくしていた。

「だって、私は男のひと、他にそんなに知らないのだもの。」Kは、恥ずかしそうにしていた。

号外《ごうがい》。

女中は、みなに一枚一枚くばって歩いた。――事変以来八十九日目。上海《シャンハイ》包囲《ほうい》全《まった》く成《な》る。敵軍潰乱《かいらん》全線に総退却《そうたいきゃく》。

Kは号外をちらと見て、

「あなたは？」

「丙種《へいしゅ》。」

「私は甲種《こうしゅ》なのね。」Kは、びっくりするほど、大きい声で、笑い出した。「私は、山を見ていたのじゃなくってよ。ほら、この、眼《め》のまえの雨《あま》だれの形を見ていたの。みんな、それぞれ個性があるのよ。もったいぶって、ぽたんと落ちるのもあるし、せっかちに、痩《や》せたまま落ちるのもあるし、気取って、ぴちゃんと高い音たてて落ちるのもあるし、つまらなそうに、ふわっと風まかせに落ちるのもあるし、――」

Kも、私も、くたくたに疲れていた。その日湯河原《ゆがわら》を発《た》って熱海《あたみ》についたころには、熱海のまちは夕靄《ゆうもや》につつまれ、家々の灯《ひ》は、ぼっと、ともって、心もとなく思われた。

宿について、夕食までに散歩しようと、宿の番傘《ばんがさ》を二つ借りて、海辺《うみべ》に出て見た。雨天のしたの海は、だるそうにうねって、冷たいしぶきをあげて散っていた。ぶあいそな、なげやりの感じであった。

ふりかえって、まちを見ると、ただ、ぱらぱらと灯が散在していて、「こどものじぶん、」Kは立ちどまって、話しかける。「絵葉書に針《はり》でもってぷつぷつ穴をあけて、ランプの光に透《す》かしてみると、その絵葉書の洋館や森や軍艦《ぐんかん》に、きれいなイルミネエションがついて、――あれを思い出さない？」

「僕は、こんなけしき、」私は、わざと感覚の鈍《にぶ》い言いかたをする。「幻灯《げんとう》で見たことがある。みんなぼっとかすんで。」

海岸通りを、そろそろ歩いた。「寒いね。お湯にはいってから、出て来ればよかった。」

「私たち、もうなんにも欲しいものがないのね。」

「ああ、みんなお父さんからもらってしまった。」

「あなたの死にたいという気持ち、――」Kは、しゃがんで素足の泥《どろ》を拭《ふ》きながら、「わかっている。」

「僕たち、」私は十二、三歳の少年のように甘える。「どうして独力《どくりょく》で生活できないのだろうね。さかなやをやったって、いいんだ。」

「誰《だれ》も、やらせてくれないよ。みんな、意地《いじ》わるいほど、私たちを大切にしてくれるからね。」

「そうなんだよ、K。僕だって、ずいぶん下品なことをしたいのだけれど、みんな笑って、――」魚釣る人のすがたが、眼《め》にとまった。「いっそ、一生、釣りでもして、阿呆《あほう》みたいに暮らそうかな。」

「だめさ。魚の心が、わかりすぎて。」

ふたり、笑った。

「たいてい、わかるだろう？　僕がサタンだということ。僕に愛された人は、みんな、だいなしになってしまうということ。」

「私には、そう思えないの。誰もおまえを憎《にく》んでいない。偽悪《ぎあく》趣味。」

「甘い？」

「ああ、このお宮《みや》の石碑《せきひ》*9みたい。」路傍《ろぼう》に、金色夜叉《こんじきやしや》*10の石碑が立っている。

「僕、いちばん単純なことを言おうか。K、まじめな話だよ。いいかい？　僕を、――」

「よして！　わかっているわよ。」

「ほんとう？」

「私は、なんでも知っている。私は、自分がおめかけの子だってことも知っています。」

「K。僕たち、――」

「あ、危ない。」Kは私のからだをかばった。

ばりばりと音たててKの傘《かさ》が、バスの車輪にひったくられて、つづいてKのからだが、水泳のダイヴィングのようにすらっと白く一直線に車輪の下に引きずりこまれ、くるくるっと花の車。

「とまれ！　とまれ！」

私は丸太棒《まるたんぼう》でがんと脳天を殴《なぐ》られた思いで、激怒《げきど》した。ようやくとまったバスの横腹を力まかせに蹴上《けあ》げた。Kはバスの下で、雨にたたかれた桔梗《ききよう》の花のように美しく伏していた。この女は、不仕合《ふしあわ》せな人だ。

「誰《だれ》もさわるな！」

私は、気を失っているKを抱きあげ、声を放って泣いた。

ちかくの病院まで、Kを背負っていった。Kは小さい声で、いたい、いたい、と言って泣いていた。

Kは、病院に二日いて、駈《か》けつけて来たうちの者たちと一緒に、自動車で、自宅へかえった。私は、ひとり、汽車でかえった。

Kの怪我《けが》はたいしたこともないようだ。日に日に快方に向かっている。

三日まえ、私は、用事があって新橋《しんばし》へ行き、かえりに銀座《ぎんざ》を歩いてみた。ふとある店の飾《かざ》り窓《まど》に、銀の十字架の在《あ》るのを見つけて、その店へはいり、銀の十字架ではなく、店の棚《たな》の青銅《せいどう》の指輪を一箇《こ》、買い求めた。その夜、私のふところには、雑誌社からもらったばかりのお金が少しあったのである。その青銅の指輪には、黄色い石で水仙《すいせん》の花がひとつ飾りつけられていた。私は、それをKあてに送った。

Kは、そのおかえしとして、ことし三歳になるKの長女の写真を送ってよこした。私はけさ、その写真を見た。

（一九三九年五月）

皮膚《ひふ》と心《こころ》

ぷつッと、ひとつ小豆粒《あずきつぶ》に似た吹出物《ふきでもの》が、左の乳房《ちぶさ》の下に見つかり、よく見ると、その吹出物のまわりにも、ぱらぱら小さい赤い吹出物が霧《きり》を噴きかけられたように一面に散点《さんてん》していて、けれども、そのときは、痒《かゆ》くもなんともありませんでした。憎《にく》い気がして、お風呂《ふろ》で、お乳《ちち》の下をタオルできゅっきゅっと皮のすりむけるほど、こすりました。それが、いけなかったようでした。家へ帰って鏡台《きようだい》のまえに坐《すわ》り、胸をひろげて、鏡に写してみると、気味《きみ》わるうございました。銭湯《せんとう》から私の家まで、歩いて五分もかかりませぬし、ちょっとその間に、お乳の下から腹にかけて手のひら二つぶんのひろさでもって、真っ赤に熟《う》れて苺《いちご》みたいになっているので、私は地獄絵《じごくえ》を見たような気がして、すっとあたりが暗くなりました。そのときから、私は、いままでの私でなくなりました。自分を、人のような気がしなくなりました。気が遠くなる、というのは、こんな状態を言うのでしょうか。私は永《なが》いこと、ぼんやり坐っておりました。暗灰色《あんかいしよく》の入道雲《にゆうどうぐも》が、もくもく私のぐるりを取り囲んでいて、私は、いままでの世間から遠く離《はな》れて、物の音さえ私には幽《かす》かにしか聞こえない、うっとうしい、地の底の時々《じじ》刻々《こくこく》が、そのときから、はじまったのでした。しばらく、鏡の中の裸身《らしん》を見つめているうちに、ぽつり、ぽつり、雨の降りはじめのように、あちら、こちらに、赤い小粒《こつぶ》があらわれて、頸《くび》のまわり、胸から、腹から、背中のほうにまで、まわっている様子なので、合わせ鏡して背中を写してみると、白い背中のスロオプに赤い霰《あられ》をちらしたように一ぱい吹き出ていましたので、私は、顔を覆《おお》ってしまいました。

「こんなものが、できて。」私は、あの人に見せました。六月のはじめのことで、ございます。あの人は、半袖《はんそで》のワイシャツに、短いパンツはいて、もう今日《きょう》の仕事も、一とおりすんだ様子で、仕事机のまえにぼんやり坐《すわ》って煙草《たばこ》を吸っていましたが、立って来て、私にあちこち向かせて、眉《まゆ》をひそめ、つくづく見て、ところどころ指で押してみて、

「痒《かゆ》くないか。」と聞きました。私は、痒くない、と答えました。ちっとも、なんともないのです。あの人は、首をかしげて、それから私を縁側《えんがわ》の、かっと西日の当たる箇所《かしょ》に立たせ、裸身《らしん》の私をくるくる廻《まわ》して、なおも念入りに調べていました。あの人は、私のからだのことについては、いつでも、細《こま》かすぎるほど気をつけてくれます。ずいぶん無口で、けれども、しんは、いつでも私を大事にします。私は、ちゃんと、それを知っていますから、こうして縁側の明るみに出されて、恥ずかしいはだかの姿を、西に向け東に向け、さんざ、いじくり廻されても、かえって神様に祈るような静かな落ちついた気持ちになり、どんなに安心のことか。私は、立ったまま軽く眼《め》をつぶっていて、こうして死ぬまで、眼を開きたくない気持ちでございました。

「わからねえなあ。ジンマシンなら、痒《かゆ》いはずだが。まさか、ハシカじゃなかろう。」

私は、あわれに笑いました。着物を着直しながら、

「糠《ぬか》に、かぶれたのじゃないかしら。私、銭湯《せんとう》へ行くたんびに、胸や頸《くび》を、とてもきつく、きゅっきゅっこすったから。」

それかも知れない。それだろう、ということになり、あの人は薬屋に行き、チュウブにはいった白いべとべとした薬を買って来て、それを、だまって私のからだに、指で、すり込むようにして塗《ぬ》ってくれました。すっと、からだが涼《すず》しく、少し気持ちも軽くなり、

「うつらないものかしら。」

「気にしちゃいけねえ。」

そうは、おっしゃるけれども、あの人の悲しい気持ちが、それは、私を悲しがってくれる気持ちにちがいないのだけれど、その気持ちが、あの人の指先から、私の腐《くさ》った胸に、つらく響《ひび》いて、ああ早くなおりたいと、しんから思いました。

あの人は、かねがね私の醜《みにく》い容貌《ようぼう》を、とても細心にかばってくれて、私の顔の数々の可笑《おか》しい欠点、——冗談《じょうだん》にも、おっしゃるようなことはなく、ほんとうに露《つゆ》ほども、私の顔を笑わず、それこそ日本晴れのように澄《す》んで、余念ない様子をなさって、

「いい顔だと思うよ。おれは、好きだ。」

そんなことさえ、ぷつんとおっしゃることがあって、私は、どぎまぎして困ってしまうこともあるのです。私どもの結婚いたしましたのは、ついことしの三月でございます。結婚、という言葉さえ、私には、ずいぶんキザで、浮わついて、とても平気で口に言い出しかねるほど、私どもの場合は、弱く貧《まず》しく、てれくさいものでございました。だいいち、私は、もう二十八でございますもの。こんな、おたふくゆえ、縁遠《えんどお》くて、それに二十四、五までには、私にだって、二つ、三つ、そんな話もあったのですが、まとまりかけては、こわれ、まとまりかけては、こわれて、それは私の家だって、何もお金持ちというわけではなし、母ひとり、それに私と妹と、三人ぐらしの、女ばかりの弱い家庭でございますし、とても、いい縁談《えんだん》なぞは、望まれませぬ。それは欲の深い夢でございましょう。二十五になって、私は覚悟をいたしました。一生、結婚できなくとも、母を助け、妹を育て、それだけを生き甲斐《がい》として、妹は、私と七つちがいの、ことし二十一になりますけれど、きりょうも良し、だんだんわがままもなくなり、いい子になりかけて来ましたから、この妹に立派《りっぱ》な養子《ようし》を迎《むか》えて、そうして私は、私としての自活《じかつ》の道をたてよう。それまでは、家に在《あ》って、家計、交際、すべて私が引き受けて、この家を守ろう。そう覚悟をきめますと、それまで内心、うじゃうじゃ悩《なや》んでいたもの、すべてが消散《しょうさん》して、苦しさも、わびしさも、遠くへ去って、私は、家の仕事のかたわら、洋裁《ようさい》の稽古《けいこ》にはげみ、少しずつご近所の子供さんの洋服の注文なぞも引き受けてみるようになって、将来の自活のあてもつきかけて来たころ、いまの、あの人の話があったのでございます。お話を持って来てくださったお方が、いわば亡父《ぼうふ》の恩人とでもいうような義理あるお方でございましたから、むげに断ることもできず、また、お話を承《うけたまわ》ってみると、先方は、小学校を出たきりで、親も兄弟《きょうだい》もなく、その私の亡父の恩人が、拾《ひろ》い上げて小さい時からめんどう見てやっていたのだそうで、もちろん先方には財産などあるはずはなく、三十五歳、少し腕のよい図案工《ずあんこう》であって、月収は二百円もそれ以上もはいる月があるそうですが、また、なんにもはいらぬ月もあって、平均して、七、八十円。それに向こうは、初婚ではなく、好きな女のひとと、六年も一緒に暮らして、おととし何かわけがあって別れてしまい、そののちは、自分は小学校を出たきりで学歴もなし、財産もなし、としもとっていることだし、ちゃんとした結婚なぞとても望めないから、いっそ一生めとらず、のんきに暮らそうと、やもめぐらしをしている由《よし》にて、それを、亡父の恩人が、なだめ、それでは世間から変人あつかいされて、よくないから、早くお嫁を貰《もら》いなさい、少し心あたりもあるから、と言って、私どものほうに、内々《ないない》お話の様子なされて、そのときは私も母と顔を見合わせ、困ってしまいました。一つとして、よいところのない縁談でございますもの。いくら私が、売れのこりの、おたふくだって、あやまち一つ犯《おか》したことはなし、もう、そんな人とでもなければ、結婚できなくなっているのかしらと、さいしょは腹立たしく、それから無性《むしょう》に侘《わび》しくなりました。お断りするよりほか、ないのでございますが、何せお話を持って来られた方が、亡父の恩人で義理あるお人ですし、母も私も、ことを荒立《あらだ》てないようにお断りしなければ、と弱気に愚図愚図《ぐずぐず》いたしておりますうちに、ふと私は、あの人が可哀想《かわいそう》になってしまいました。きっと、やさしい人にちがいない。私だって、女学校《じょがっこう》を出たきりで、特別になんの学問もありゃしない。たいへんな持参金《じさんきん》があるわけでもない。父が死んだし、弱い家庭だ。それに、ごらんのとおりの、おたふくで、いい加減《かげん》おばあさんですし、こちらこそ、なんのいいところもない。似合いの夫婦かも知れない。どうせ、私は不仕合《ふしあわ》せなのだ。断って、亡父の恩人と気まずくなるよりはと、だんだん気持ちが傾《かたむ》いて、それにお恥ずかしいことには、少しは頬《ほお》のほてる浮いた気持ちもございました。おまえ、ほんとにいいのかねえ、とやはり心配顔の母には、それ以上、話もせず、私から直接、その亡父の恩人に、はっきりした返事をしてしまいました。

結婚して、私は幸福でございました。いいえ。いや、やっぱり、幸福、と言わなければなりませぬ。罰《ばち》があたります。私は、大切にいたわられました。あの人は、何かと気が弱く、それに、せんの女に捨《す》てられたような工合《ぐあい》らしく、そのゆえに、いっそうおどおどしている様子で、ずいぶん歯がゆいほど、すべてに自信がなく、痩《や》せて小さく、お顔も貧相《ひんそう》でございます。お仕事は、熱心にいたします。私が、はっと思ったことは、あの人の図案《ずあん》を、ちらと見て、それが見覚えのある図案だったことでございます。なんという奇縁《きえん》でしょう。あの人に伺《うかが》ってみて、そのことをたしかめ、私は、そのときはじめて、あの人に恋をしたみたいに、胸がときめきいたしました。あの銀座《ぎんざ》の有名な化粧品店の、蔓《つる》バラ模様《もよう》の商標は、あの人が考案したもので、それだけではなく、あの化粧品店から売り出されている香水《こうすい》、石鹼《せっけん》、おしろいなどのレッテル意匠《いしょう》、それから新聞の広告も、ほとんど、あの人の図案だったのでございます。十年もまえから、あの店の専属《せんぞく》のようになって、異色《いしょく》ある蔓《つる》バラ模様のレッテル、ポスタア、新聞広告など、ほとんどおひとりで、お画《か》きになっていたのだそうで、いまでは、あの蔓バラ模様は、外国の人さえ覚えていて、あの店の名前を知らなくても、蔓バラを典雅《てんが》に絡《から》み合わせた特徴《とくちょう》ある図案は、どなただって一度は見て、そうして、記憶しているほどでございますものね。私なども、女学校のころから、もう、あの蔓《つる》バラ模様を知っていたような気がいたします。私は、奇妙《きみょう》に、あの図案にひかれて、女学校を出てからも、お化粧品は、全部あの化粧品店のものを使って、いわば、まあ、ファンでございました。けれども私は、いちどだって、あの蔓《つる》バラ模様の考案者については、思ってみたことなかった。ずいぶん、うっかり者のようでございますが、けれども、それは私だけでなく、世間のひと皆、新聞の美しい広告を見ても、その図案工を思い尋《たず》ねることなどないでしょう。図案工なんて、ほんとうに縁《えん》の下の力持ちみたいなものですのね。私だって、あの人のお嫁さんになって、しばらく経《た》って、それからはじめて気がついたほどでございますもの。それを知ったときには、私は、うれしく、

「あたし、女学校のころからこの模様《もよう》だいすきだったわ。あなたがお画《か》きになっていたのねえ。うれしいわ。あたし、幸福ね。十年もまえから、あなたと遠くむすばれていたのよ。こちらへ来ることに、きまっていたのね。」と少しはしゃいで見せましたら、あの人は顔を赤くして、

「ふざけちゃいけねえ。職人《しょくにん》仕事じゃねえか、よ。」と、しんから恥ずかしそうに、眼《め》をパチパチさせて、それから、フンと力なく笑って、悲しそうな顔をなさいました。

いつもあの人は、自分を卑下《ひげ》して、私がなんとも思っていないのに、学歴のことや、それから二度目だってことや、貧相《ひんそう》のことなど、とても気にして、こだわっていらっしゃる様子で、それならば、私みたいなおたふくは、いったいどうしたらいいのでしょう。夫婦そろって自信がなく、はらはらして、お互いの顔が、いわば羞皺《はじしわ》で一ぱいで、あの人は、たまには、私にうんと甘えてもらいたい様子なのですが、私だって、二十八のおばあちゃんですし、それに、こんなおたふくなので、その上、あの人の自信のない卑下していらっしゃる様子を見ては、こちらにも、それが伝染《でんせん》しちゃって、よけいにぎくしゃくして来て、

どうしても無邪気《むじゃき》に可愛《かわい》く甘えることができず、心は慕《した》っているのに、逆にかえって私は、まじめに、冷たい返事などしてしまって、すると、あの人は、気むずかしく、私には、そのお気持ちがわかっているだけに、なおのこと、どぎまぎして、すっかり他人行儀《たにんぎょうぎ》になってしまいます。あの人にも、また、私の自信のなさが、よくおわかりのようで、ときどき、やぶから棒《ぼう》に、私の顔、また、着物の柄《がら》など、とても不器用にほめることがあって、私には、あの人のいたわりがわかっているので、ちっとも嬉《うれ》しいことはなく、胸が、一ぱいになって、せつなく、泣きたくなります。あの人は、いい人です。せんの女のひとのことなど、ほんとうに、これぽっちも匂《にお》わしたことがございません。おかげさまで、私は、いつも、そのことは忘れています。この家だって、私たち結婚してから新しく借りたのですし、あの人は、そのまえは、赤坂《あかさか》のアパアトにひとりぐらししていたのでございますが、きっと、わるい記憶を残したくないというお心もあり、また、私への優《やさ》しい気兼《きが》ねもあったのでございましょう、以前の世帯道具《しょたいどうぐ》一切合切《いっさいがっさい》、売り払い、お仕事の道具だけ持って、この築地《つきじ》の家へ引っ越して、それから、私にも僅《わず》かばかり母からもらったお金がございましたし、二人で少しずつ世帯の道具を買い集めたようなわけで、ふとんも箪笥《たんす》も、私が本郷《ほんごう》の実家から持って来たのでございますし、せんの女のひとの影《かげ》は、ちらとも映らず、あの人が、私以外の女のひとと六年も一緒にいらっしゃったなど、とても今では、信じられなくなりました。ほんとうに、あの人の不要の卑下さえなかったら、そうして私を、もっと乱《らん》暴《ぼう》に、怒鳴《どな》ったり、もみくちゃにしてくださったなら、私も、無邪気に歌をうたって、どんなにでもあの人に甘えることができるように思われるのですが、きっと明るい家になれるのでございますが、二人そろって、醜《みにく》いという自覚で、ぎくしゃくして、――私はともかく、あの人が、なんで卑下することがございましょう。小学校を出たきりと言っても、教養の点では、大学出の学士《がくし》と、ちっとも変わるところございませぬ。レコオドだって、ずいぶん趣味のいいのを集めていらっしゃるし、私がいちども名前を聞いたことさえない外国の新しい小説家の作品を、仕事のあいまあいまに、熱心に読んでいらっしゃるし、それに、あの、世界的な蔓《つる》バラの図案《ずあん》。また、ご自身の貧乏《びんぼう》を、ときどき自嘲《じちょう》なさいますけれど、このごろは仕事も多く、百円、二百円と、まとまった大金がはいって来て、せんだっても、伊豆《いず》の温泉につれていっていただいたほどなのに、それでもあの人は、ふとんや箪笥《たんす》や、その他の家財道具を、私の母に買ってもらったことを、いまでも気にしていて、そんなに気にされると、私は、かえって恥ずかしく、なんだか悪いことをしたように思われて、みんな安物ばかりなのに、と泣きたいほど侘《わび》しく、同情や憐憫《れんびん》で結婚するのは、間違いで、私は、やっぱりひとりでいたほうがよかったのじゃないかしら、と恐ろしいことを考えた夜もございました。もっと強いものを求めるいまわしい不貞《ふてい》が頭をもたげることさえあって、私は悪者でございます。結婚して、はじめて青春の美しさを、それを灰色に過ごしてしまったくやしさが、舌を嚙《か》みたいほど、痛烈《つうれつ》に感じられ、いまのうち何かでもって埋《う》め合わせしたく、あの人とふたりで、ひっそり夕食をいただきながら、侘しさ堪《た》えがたくなって、お箸《はし》と茶碗《ちゃわん》持ったまま、泣きべそかいてしまったこともございます。何もかも私の欲でございましょう。こんなおたふくのくせに青春なんて、とんでもない。いい笑いものになるだけのことでございます。私は、いまのままで、これだけでもう、身にあまる仕合《しあわ》せなのです。そう思わなければいけません。ついつい、わがままも出て、それだから、こんどのように、こんな気味《きみ》わるい吹出物《ふきでもの》に見舞《みま》われるのです。薬を塗《ぬ》ってもらったせいか、吹出物も、それ以上はひろがらず、明日は、なおるかも知れぬと、神様にこっそり祈って、その夜は、早めに休ませていただきました。

寝ながら、しみじみ考えて、なんだか不思議になりました。私は、どんな病気でも、おそれませぬが、皮膚病《ひふびょう》だけは、とても、とても、いけないのです。どのような苦労をしても、どのような貧乏《びんぼう》をしても、皮膚病にだけは、なりたくないと思っていたものでございます。脚《あし》が片方なくっても、腕が片方なくっても、皮膚病なんかになるよりは、どれくらいいましかわからない。女学校で、生理の時間にいろいろの皮膚病の病源菌《びょうげんきん》を教わり、私は全身むず痒《がゆ》く、その虫やバクテリヤの写真の載《の》っている教科書のペエジを、やにわに引き破《やぶ》ってしまいたく思いました。そうして先生の無神経が、のろわしく、いいえ先生だって、平気で教えているのではない。職務《しょくむ》ゆえ、懸命《けんめい》にこらえて、当たりまえの風を装《よそお》って教えているのだ、それにちがいないと思えば、なおのこと、先生のその厚顔無恥《こうがんむち》が、あさましく、私は身悶《みもだ》えいたしました。その生理のお時間がすんでから、私はお友達と議論をしてしまいました。痛さと、くすぐったさと、痒《かゆ》さと、三つのうちで、どれが一ばん苦しいか。そんな論題が出て、私は断然、痒さが最もおそろしいと主張いたしました。だって、そうでしょう？　痛さも、くすぐったさも、おのずから知覚の限度があると思います。ぶたれて、切られて、または、くすぐられても、その苦しさが極限に達したとき、人は、きっと気を失うにちがいない。気を失ったら夢幻境《むげんきょう》です。昇天《しょうてん》でございます。苦しさから、きれいにのがれることができるのです。死んだって、かまわないじゃないですか。けれども痒《かゆ》さは、波のうねりのようで、もりあがっては崩《くず》れ、もりあがっては崩れ、果《は》てしなく鈍《にぶ》く蛇動《だどう》し、蠢動《しゅんどう》するばかりで、苦しさが、ぎりぎり結着《けっちゃく》の頂点まで突き上げてしまうようなことは決してないので、気を失うこともできず、もちろん痒さで死ぬなんてこともないでしょうし、永久になまぬるく、悶《もだ》えていなければならぬのです。これは、なんといっても、痒さにまさる苦しみはございますまい。私がもし昔のお白洲《しらす》で拷問《ごうもん》かけられても、切られたり、ぶたれたり、また、くすぐられたり、そんなことでは白状《はくじょう》しない。そのうち、きっと気を失って、二、三度つづけられたら、私は死んでしまうだろう。白状なんて、するものか。私は志士《しし》のいどころを一命《いちめい》かけて、守ってみせる。けれども、蚤《のみ》か、しらみ、あるいは疥癬《かいせん》の虫など、竹筒《たけづつ》に一ぱい持って来て、さあこれを、おまえの背中にぶち撒《ま》けてやるぞ、と言われたら、私は身の毛もよだつ思いで、わなわなふるえ、申し上げます、お助けください、と烈女《れつじょ》も台無《だいな》し、両手合わせて哀願《あいがん》するつもりでございます。考えるさえ、飛び上がるほど、いやなことです。私が、その休憩《きゅうけい》時間、お友達にそう言ってやりましたら、お友達も、みんな素直に共鳴《きょうめい》してくださいました。いちど先生に連れられて、クラス全部で、上野《うえの》の科学博物館へ行ったことがございますけれど、たしか三階の、標本《ひょうほん》室《しつ》で、私は、きゃっと悲鳴を挙《あ》げ、くやしく、わんわん泣いてしまいました。皮膚に寄生《きせい》する虫の標本が、蟹《かに》くらいの大きさに模《も》型《けい》されて、ずらりと棚《たな》に並《なら》んで、飾《かざ》られてあって、ばか！　と大声で叫んで棍棒《こんぼう》もって滅《め》茶《ちゃく》苦《ちゃ》茶に粉砕《ふんさい》したい気持ちでございました。それから三日も、私は寝ぐるしく、なんだか痒《かゆ》く、ごはんもおいしくございませんでした。私は、菊《きく》の花さえきらいなのです。小さい花弁《かべん》がうじゃうじゃして、まるで何かみたい。樹木《じゆもく》の幹《みき》の、でこぼこしているのを見ても、ぞっとして全身むず痒《がゆ》くなります。筋子《すじこ》なぞを、平気でたべる人の気が知れない。牡蠣《かき》の貝殻《かいがら》。かぼちゃの皮。砂利《じゃり》道《みち》。虫食った葉。とさか。胡麻《ごま》。絞《しぼ》り染《ぞめ》。蛸《たこ》の脚《あし》。茶殻《ちゃがら》。蝦《えび》。蜂《はち》の巣。苺《いちご》。蟻《あり》。蓮《はす》の実。蠅《はえ》。うろこ。みんな、きらい。ふり仮名《がな》も、きらい。小さい仮名は、虱《しらみ》みたい。グミの実、桑《くわ》の実、どっちもきらい。お月さまの拡大写真を見て、吐きそうになったことがあります。刺繍《ししゅう》でも、図柄《ずがら》によっては、とても我慢《がまん》できなくなるものがあります。そんなに皮膚のやまいを嫌《きら》っているので、自然と用心深く、いままで、ほとんど吹出物の経験などなかったのです。そうして結婚して、毎日お風呂《ふろ》へ行って、からだをきゅっきゅっと糠《ぬか》でこすって、きっと、こすり過ぎたのでございましょう。こんなに、吹出物してしまって、くやしく、うらめしく思います。私は、いったいどんな悪いことをしたというのでしょう。神さまだって、あんまりだ。私の一ばん嫌いな、嫌いなものをことさらにくださって、ほかに病気がないわけじゃなし、まるで金の小さな的《まと》をすぽんと射当《いあ》てたように、まさしく私の最も恐怖している穴へ落ち込ませて、私は、しみじみ不思議に存《ぞん》じました。

翌《あく》る朝、薄明《はくめい》のうちにもう起きて、そっと鏡台《きょうだい》に向かって、ああと、うめいてしまいました。私は、お化《ば》けでございます。これは、私の姿じゃない。からだじゅう、トマトがつぶれたみたいで、頸《くび》にも胸にも、おなかにも、ぶつぶつ醜怪《しゅうかい》を極《きわ》めて豆粒《まめつぶ》ほども大きい吹出物《ふきでもの》が、まるで全身に角《つの》が生《は》えたように、きのこが生えたように、すきまなく、一面に噴き出て、ふふふふ笑いたくなりました。そろそろ、両脚《りょうあし》のほうにまで、ひろがっているのでございます。鬼《おに》。悪魔《あくま》。私は、人ではございませぬ。このまま死なせてください。

泣いては、いけない。こんな醜怪なからだになって、めそめそ泣きべそ掻《か》いたって、ちっとも可愛《かわい》くないばかりか、いよいよ熟柿《じゆくし》がぐしゃと潰《つぶ》れたみたいに滑稽《こっけい》で、あさましく、手もつけられぬ悲惨の光景になってしまう。泣いては、いけない。隠《かく》してしまおう。あの人は、まだ知らない。見せたくない。もともと醜《みにく》い私が、こんな腐《くさ》った肌《はだ》になってしまって、もうもう私は、取《と》り柄《え》がない。屑《くず》だ。はきだめだ。もう、こうなっては、あの人だって、私を慰《なぐさ》める言葉がないでしょう。慰められるなんて、いやだ。こんなからだを、まだいたわるならば、私は、あの人を軽蔑《けいべつ》してあげる。いやだ。私は、このままおわかれしたい。いたわっちゃ、いけない。私を、見ちゃいけない。私の傍《そば》にいてもいけない。ああ、もっと、もっと広い家が欲しい。一生遠くはなれた部屋《へや》で暮らしたい。結婚しなければ、よかった。二十八まで、生きていなければよかったのだ。十九の冬に、肺炎《はいえん》になったとき、あのとき、なおらずに死ねばよかったのだ。あのとき死んでいたら、いまこんな苦しい、みっともない、ぶざまの憂目《うきめ》を見なくてすんだのだ。私は、ぎゅっと堅く眼《め》をつぶったまま、身動きもせず坐《すわ》って、呼吸だけが荒く、そのうちになんだか心までも鬼になってしまう気配《けはい》が感じられて、世界が、シンと静まって、たしかにきのうまでの私でなくなりました。私は、もそもそ、けものみたいに立ち上がり着物を着ました。着物は、ありがたいものだと、つくづく思いました。どんなおそろしい胴体でも、こうして、ちゃんと隠してしまえるのですものね。元気を出して、物干場《ものほしば》へあがってお日様を険《けわ》しく見つめ、思わず、深い溜息《ためいき》をいたしました。ラジオ体操の号令が聞こえてまいります。私は、ひとりで侘《わび》しく体操はじめて、イッチ、ニッ、と小さい声出して、元気をよそってみましたが、ふっとたまらなく自分がいじらしくなって来て、とてもつづけて体操できず泣き出しそうになって、それに、いま急激にからだを動かしたせいか、頸《くび》と腋下《わきした》の淋巴腺《リンパせん》が鈍《にぶ》く痛み出して、そっと触《さわ》ってみると、いずれも固く腫《は》れていて、それを知ったときには、私、立っていられなく、崩《くず》れるようにぺたりと坐ってしまいました。私は醜いから、いままでこんなにつつましく、日陰《ひかげ》を選んで、忍《しの》んで忍んで生きて来たのに、どうして私をいじめるのです、と誰《だれ》にともなく焼き焦《こ》げるほどの大きい怒《いか》りが、むらむら湧《わ》いて、そのとき、うしろで、「やあ、こんなところにいたのか。しょげちゃいけねえ。」とあの人の優《やさ》しく呟《つぶや》く声がして、「どうなんだ。少しは、よくなったか？」

よくなったと答えるつもりだったのに、私の肩に軽く載《の》せたあの人の右手を、そっとはずして、立ち上がり、

「うちへかえる。」そんな言葉が出てしまって、自分で自分がわからなくなって、もう、何をするか、何を言うか、責任持てず、自分も宇宙も、みんな信じられなくなりました。

「ちょっと見せなよ。」あの人の当惑《とうわく》したみたいな、こもった声が、遠くからのように聞

こえて、

「いや。」と私は身を引き、「こんなところに、グリグリができてえ。」と腋《わき》の下《した》に両手を当てそのまま、私は手放しで、ぐしゃと泣いて、たまらずああんと声が出て、みっともない二十八のおたふくが、甘えて泣いても、なんのいじらしさが在《あ》ろう、醜悪《しゅうあく》の限りとわかっていても、涙がどんどん沸《わ》いて出て、それによだれも出てしまって、私はちっともいいところがない。

「よし。泣くな！　お医者へ連れていってやる。」あの人の声が、いままで聞いたことのないほど、強くきっぱり響《ひび》きました。

その日は、あの人もお仕事を休んで、新聞の広告しらべて、私もせんに一、二度、名前だけは聞いたことのある有名な皮膚科《ひふか》専門のお医者に見てもらうことにきめて、私は、よそ行きの着物に着換《きが》えながら、

「からだを、みんな見せなければいけないかしら。」

「そうよ。」あの人は、とても上品に微笑《ほほえ》んで答えました。「お医者を、男と思っちゃいけねえ。」

私は顔を赤くしました。ほんのりとうれしく思いました。

外へ出ると、陽《ひ》の光がまぶしく、私は自身を一匹の醜《みにく》い毛虫のように思いました。この

病気のなおるまで世の中を真《ま》っ暗闇《くらやみ》の深夜にしておきたく思いました。

「電車は、いや。」私は、結婚してはじめてそんな贅沢《ぜいたく》なわがまま言いました。もう吹出物《ふきでもの》が手の甲《こう》にまでひろがって来ていて、いつか私は、こんな恐ろしい手をした女のひとを電車の中で見たことがあって、それからは、電車の吊皮《つりかわ》につかまるのさえ不潔《ふけつ》で、うつりはせぬかと気味《きみ》わるく思っていたのですが、いまは私が、そのいつかの女のひとの手と同じ工合《ぐあい》になってしまって、「身の不運」という俗な言葉が、このときほど骨身に徹《てつ》したことはございませぬ。

「わかってるさ。」あの人は、明るい顔してそう答え、私を、自動車に乗せてくださいました。築地から、日本橋《にほんばし》、高島屋《たかしまや》裏《うら》の病院まで、ほんのちょっとでございましたが、その間、私は葬儀車《そうぎしゃ》に乗っている気持ちでございました。眼《め》だけが、まだ生きていて、巷《ちまた》の初夏のよそおいを、ぼんやり眺《なが》めて、路《みち》行く女のひと、男のひと、誰《だれ》も私のように吹出物していないのが不思議でなりませんでした。

　病院に着いて、あの人と一緒に待合室へはいってみたら、ここはまた世の中と、まるっきりちがった風景で、ずっとまえ築地の小劇場《しょうげきじょう》[*1]で見た「どん底」[*2]という芝居の舞台面を、ふいと思い出しました。外は深緑《しんりょく》で、あんなに、まばゆいほど明るかったのに、ここは、どうしたのか、陽《ひ》の光が在《あ》っても薄暗《うすぐら》く、ひやと冷たい湿気があって、酸《す》いにおいが、ぷんと鼻をついて、盲人《もうじん》どもが、うなだれて、うようよいる。盲人ではないけれども、どこか、片端《かたわ》の感じで、老爺《ろうや》老婆《ろうば》の多いのには驚きました。私は、入口にちかい、ベンチの端《はし》に腰をおろして、死んだように、うなだれ、眼《め》をつぶりました。ふと、この大勢の患者《かんじゃ》の中で、私が一ばん重い皮膚病《ひふびょう》なのかも知れない、ということに気がつき、びっくりして眼をひらき、顔をあげて、患者ひとりひとりを盗《ぬす》み見《み》いたしましたが、やはり、私ほど、あらわに吹出物《ふきでもの》している人は、ひとりもございませんでした。皮膚科と、もうひとつ、とても平気で言えないような、いやな名前の病気と、そのふたつの専門医だったことを、私は病院の玄関の看板で、はじめて知ったのですが、それでは、あそこに腰かけている若い綺《き》麗《れい》な映画俳優みたいな男のひと、どこにも吹出物などない様子だし、皮膚科ではなく、そのもうひとつのほうの病気なのかも知れない、と思えば、もう皆、この待合室に、うなだれて腰かけている亡者《もうじゃ》たち皆、そのほうの病気のような気がして来て、

「あなた、少し散歩していらっしゃい。ここは、うっとうしい。」

「まだ、なかなからしいな。」あの人は、手持ちぶさたげに、私の傍《そば》に立ちつくしていたのでした。

「ええ。私の番になるのは、おひるごろらしいわ。ここは、きたない。あなたが、いらっしゃっちゃ、いけない。」自分でも、おや、と思ったほど、いかめしい声が出て、あの人

も、それを素直に受け取ってくれた様子で、ゆっくり首肯《うなず》き、

「おめえも、一緒に出ないか？」

「いいえ。あたしは、いいの。」私は、微笑《ほほえ》んで、「あたしは、ここにいるのが、一ばん楽《らく》なの。」

そうしてあの人を待合室から押し出して、私は、少し落ちつき、またベンチに腰をおろし酸《す》っぱいように眼《め》をつぶりました。はたから見ると、私は、きっとキザに気取って、おろかしい瞑想《めいそう》にふけっているばあちゃん女史に見えるでしょうが、でも、私、こうしているのが一ばん、らくなんですもの。死んだふり。そんな言葉、思い出して、可笑《おか》しゅうございました。けれども、だんだん私は、心配になってまいりました。誰《だれ》にも、秘密が在《あ》る。そんな、いやな言葉を耳元に囁《ささや》かれたような気がして、わくわくしてまいりました。ひょっとしたら、この吹出物《ふきでもの》も――と考え、一時に総毛立《そうけだ》つ思いで、あの人の優《やさ》しさ、自信のなさも、そんなところから起こって来ているのではないのかしら、まさか。私は、そのときはじめて、可笑《おか》しなことでございますが、そのときはじめて、あの人にとっては、私が最初でなかったのだ、ということに実感を以《もっ》て思い当たり、いても立ってもいられなくなりました。だまされた！　結婚詐欺《さぎ》。唐突《とうとつ》にそんなひどい言葉も思い出され、あの人を追いかけて行って、ぶってやりたく思いました。ばかですわね。はじめから、それが承知で

あの人のところへまいりましたのに、いま急に、あの人が、最初でないこと、たまらぬほどにくやしく、うらめしく、とりかえしつかない感じで、あの人の、まえの女のひとのことも、急に色濃《いろこ》く、胸にせまって来て、ほんとうにはじめて、私はその女のひとを恐ろしく、憎《にく》く思い、これまで一度だって、そのひとのこと思ってもみたことない私の呑気《のんき》さ加《か》減《げん》が、涙の沸《わ》いて出たほどに残念でございました。くるしく、これが、あの嫉妬《しっと》というものなのでしょうか。もし、そうだとしたなら、嫉妬というものは、なんという救いのない狂乱、それも肉体だけの狂乱。一点美しいところもない醜怪《しゅうかい》きわめたものか。世の中には、まだまだ私の知らない、いやな地獄《じごく》があったのですね。私は、生きてゆくのが、いやになりました。自分が、あさましく、あわてて膝《ひざ》の上の風呂《ふろ》敷包《しきづつ》みをほどき、小説本を取り出し、でたらめにペエジをひらき、かまわずそこから読みはじめました。ボヴァリイ夫人。*3 エンマの苦しい生涯《しょうがい》が、いつも私をなぐさめてくださいます。エンマの、こうして落ちて行く路《みち》が、私には一ばん女らしく自然のもののように思われてなりません。水が低きについて流れるように、からだのだるくなるような素直さを感じます。女って、こんなものです。言えない秘密を持っております。だって、それは女の「生まれつき」ですもの。泥沼《どろぬま》を、きっと一つずつ持っております。それは、はっきり言えるのです。だって、女には、一日一日が全部ですもの。男とちがう。死後も考えない。思索《しさく》も、ない。一刻一刻《いっこく》の、美しさの完成だけを願っております。生活を、生活の感触を、溺愛《できあい》いたします。女が、お茶碗《ちゃわん》や、きれいな柄《がら》の着物を愛するのは、それだけが、ほんとうの生き甲斐《がい》だからでございます。刻々《こくこく》の動きが、それがそのまま生きていることの目的なのです。他に、何が要《い》りましょう。高いリアリズムが、女のこの不埒《ふらち》と浮遊《ふゆう》を、しっかり抑《おさ》えて、かしゃくなくあばいてくれたなら、私たち自身も、からだがきまって、どのくらい楽《らく》か知れないとも思われるのですが、女のこの底知れぬ「悪魔《あくま》」には、誰《だれ》も触《さわ》らず、見ないふりをして、それだから、いろんな悲劇《ひげき》が起こるのです。高い、深いリアリズムだけが、私たちをほんとうに救ってくれるのかも知れませぬ。女の心は、いつわらずに言えば、結婚の翌日だって、ほかの男のひとのことを平気で考えることができるのでございますもの。人の心は、決して油断《ゆだん》がなりませぬ。男女七歳にして、*4という古い教えが、突然おそろしい現実感として、私の胸をついて、はっと思いました。日本の倫理《りんり》というものは、ほとんど腕力的《わんりょく》に写実《しゃじつ》なのだと、目まいのするほど驚きました。なんでもみんな知られているのだ。むかしから、ちゃんと泥沼が、明確にえぐられて在《あ》るのだと、そう思ったら、かえって心が少しすがすがしく、爽《さわ》やかに安心して、こんな醜《みにく》い吹出物だらけのからだになっても、やっぱり何かと色気の多いおばあちゃん、と余裕《よゆう》をもって自身を憫笑《びんしょう》したい気持ちも起こり、再び本を読みつづけました。いま、ロドルフが、さらにそっとエンマに身をすり寄せ、甘い言葉を口早《くちばや》に囁《ささや》いているところなのですが、私は、読みながら、全然別な奇妙《きみょう》なことを考えて、思わずにやりと笑ってしまいました。エンマが、このとき吹出物していたら、どうだったろう、とへんな空想が湧《わ》いて出て、いや、これは重大なイデエだぞ、*5 と私は真面目《まじめ》になりました。エンマは、きっとロドルフの誘惑《ゆうわく》を拒絶《きょぜつ》したにちがいない。そうして、エンマの生涯は、まるっきり違ったものになってしまった。それにちがいない。あくまでも、拒絶したにちがいない。だって、そうするよりほかに、しようないんだもの。こんなからだでは。そうして、これは喜劇《きげき》ではなく、女の生涯は、そのときの髪のかたち、着物の柄、眠たさ、または些細《ささい》のからだの調子などで、どしどし決定されてしまうので、あんまり眠たいばかりに、背中のうるさい子供をひねり殺した子守女《こもりおんな》さえ在《あ》ったし、ことに、こんな吹出物は、どんなに女の運命を逆転させ、ロマンスを歪曲《わいきょく》させるか判《わか》りませぬ。いよいよ結婚式というその前夜、こんな吹出物が、思いがけなく、ぷつんと出て、おやおやと思うまもなく胸に四肢《しし》に、ひろがってしまったら、どうでしょう。私は、有《あ》りそうなことだと思います。吹出物だけは、ほんとうに、ふだんの用心で防《ふせ》ぐことができない、何かしら天意によるもののように思われます。天の悪意を感じます。五年ぶりに帰朝《きちょう》するご主人をお迎えにいそいそ横浜《よこはま》の埠頭《ふとう》、胸おどらせて待っているうちにみるみる顔のだいじなところに紫色《むらさきいろ》の腫物《はれもの》があらわれ、いじくっているうちに、もはや、そのよろこびの若夫人も、ふためと見られぬお岩《いわ》さま。*6 そのような悲劇もあり得る。男は、吹出物など平気らしゅうございますが、女は、肌《はだ》だけで生きているのでございますもの。否定する女のひとは、嘘《うそ》つきだ。フロベエル*7など、私はよく存じませぬが、なかなか細密《さいみつ》の写実家《しゃじつか》の様子で、シャルルがエンマの肩にキスしようとすると、（よして！　着物に皺《しわ》が、――）と言って拒否《きょひ》するところございますが、あんな細《こま》かく行きとどいた眼《め》を持ちながら、なぜ、女の肌の病気のくるしみについては、書いてくださらなかったのでしょうか。男の人にはとてもわからぬ苦しみなのでしょうか。それとも、フロベエルほどのお人なら、ちゃんと見抜いて、けれどもそれは汚らしく、とてもロマンスにならぬゆえ、知らぬふりして敬遠《けいえん》しているのでございましょうか。でも、敬遠なんて、ずるい、ずるい。結婚のまえの夜、または、なつかしくてならぬ人と五年ぶりに逢《あ》う直前などに、思わぬ醜怪《しゅうかい》の吹出物に見舞われたら、私ならば死ぬる。家出して、堕落《だらく》してやる。自殺する。女は、一瞬間《いっしゅんかん》一瞬間の、せめて美しさのよろこびだけで生きているのだもの。明日は、どうなっても、――そっとドアが開いて、あの人が栗鼠《りす》に似た小さい顔を出して、まだか？　と眼でたずねたので、私は、蓮《はす》っ葉《ぱ》にちょっちょっと手招きして、

「あのね、」下品に調子づいた甲高《かんだか》い声だったので私は肩をすくめ、こんどは出来るだけ声を低くして、「あのね、明日は、どうなったっていい、と思い込んだとき女の、一ばん

女らしさが出ていると、そう思わない？」

「なんだって？」あの人が、まごついているので私は笑いました。

「言いかたが下手《へた》なの、わからないわね。もういいの。あたし、こんなところに、しばらく坐《すわ》っているうちに、なんだか、また、人が変わっちゃったらしいの。こんな、どん底にいると、いけないらしいの。あたし、弱いから、周囲の空気に、すぐ影響《えいきょう》されて、馴《な》れてしまうのね。あたし、下品になっちゃったわ。ぐんぐん心が、くだらなく、堕落《だらく》して、まるで、もう、」と言いかけて、ぎゅっと口を噤《つぐ》んでしまいました。プロステチウト[*8]、そう言おうと思っていたのでございます。女が永遠に口に出して言ってはいけない言葉。そうして一度は、必ず、それの思いに悩まされる言葉。まるっきり誇《ほこ》りを失ったとき、女は、必ずそれを思う。私は、こんな吹出物《ふきでもの》して、心まで鬼《おに》になってしまっているのだな、と実状が薄《うす》ぼんやり判《わか》って来て、私が今まで、おたふく、おたふくと言って、すべてに自信がない態《てい》を装《よそお》っていたが、けれども、やはり自分の皮膚《ひふ》だけを、それだけは、こっそり、いとおしみ、それが唯一《ゆいいつ》のプライドだったのだということを、いま知らされ、私の自負《じふ》していた謙譲《けんじょう》だの、つつましさだの、忍従《にんじゅう》だのも、案外《あんがい》あてにならない贋物《にせもの》で、内実は私も知覚、感触の一喜《いっき》一憂《いちゆう》だけで、めくらのように生きていたあわれな女だったのだと気付いて、知覚、感触が、どんなに鋭敏《えいびん》だっても、それは動物的なものなのだ、ちっとも叡智《えいち》と関係ない。まったく、愚鈍《ぐどん》な白痴《はくち》でしかないのだ、とはっきり自身を知りました。

私は、間違っていたのでございます。私は、これでも自身の知覚のデリケエトを、なんだか高尚《こうしょう》のことに思って、それを頭のよさと思いちがいして、こっそり自身をいたわっていたところ、なかったか。私は、結局は、おろかな、頭のわるい女ですのね。

「いろんなことを考えたのよ。あたし、ばかだわ。あたし、しんから狂っていたの。」

「むりがねえよ。わかるさ。」あの人は、ほんとうに、わかってるみたいに、賢《かしこ》そうな笑《え》顔《がお》で答えて、「おい、おれたちの番だぜ。」

看護婦に招《まね》かれて、診察室へはいり、帯をほどいてひと思いに肌《はだ》ぬぎになり、ちらと自分の乳房《ちぶさ》を見て、私は、石榴《ざくろ》を見ちゃった。眼《め》のまえに坐《すわ》っているお医者よりも、うしろに立っている看護婦さんに見られるのが、幾《いく》そう倍も辛《つろ》うございました。お医者は、やっぱり人の感じがしないものだと思いました。顔の印象さえ、私には、はっきりいたしませぬ。お医者のほうでも、私を人の扱《あつか》いせず、あちこちひねくって、

「中毒《ちゅうどく》ですよ。何か、わるいもの食べたのでしょう。」平気な声で、そう言いました。

「なおりましょうか。」

あの人が、たずねてくれて、

「なおります。」

私は、ぼんやり、ちがう部屋《へや》にいるような気持ちで聞いていたのでございます。

「ひとりで、めそめそ泣いていやがるので、見ちゃおれねえのです。」

「すぐ、なおりますよ。注射しましょう。」

お医者は、立ち上がりました。

「単純な、ものなのですか?」とあの人。

「そうですとも。」

注射してもらって、私たちは病院を出ました。

「もう手のほうは、なおっちゃった。」

私は、なんども陽《ひ》の光に両手をかざして、眺《なが》めました。

「うれしいか?」

そう言われて私は、恥ずかしく思いました。


（一九三九年十一月）

桜《おう》桃《とう》

われ、山にむかいて、目を挙《あ》ぐ。*1
——詩篇《しへん》、第百二十一。

子供より親が大事《だいじ》、と思いたい。子供のために、などと古風な道学者《どうがくしゃ》みたいなことを殊勝《しゅしょう》らしく考えてみても、何、子供よりも、その親のほうが弱いのだ。少なくとも、私の家庭においては、そうである。まさか、自分が老人になってから、子供に助けられ、世話になろうなどという図々《ずうずう》しい虫《むし》のよい下心は、まったく持ち合わせてはいないけれども、この親は、その家庭において、常に子供たちのご機嫌《きげん》ばかり伺《うかが》っている。子供、といっても、私のところの子供たちは、皆まだひどく幼い。長女は七歳、長男は四歳、次女は一歳である。それでも、すでにそれぞれ、両親を圧倒《あっとう》し掛けている。父と母は、さながら子供たちの下男下女の趣《おもむ》きを呈《てい》しているのである。

夏、家族全部三畳間《さんじょうま》に集まり、大にぎやか、大混雑《だいこんざつ》の夕食をしたため、父はタオルでやたらに顔の汗を拭《ふ》き、

「めし食って大汗かくもげびたこと、と柳多留《やなぎだる》*2にあったけれども、どうも、こんなに子

供たちがうるさくては、いかにお上品なお父さんといえども、汗が流れる。」

と、ひとりぶつぶつ不平を言い出す。

母は、一歳の次女におっぱいを含《ふく》ませながら、そうして、お父さんと長女と長男のお給仕《きゅうじ》をするやら、子供たちのこぼしたものを拭《ふ》くやら、拾《ひろ》うやら、鼻をかんでやるやら、八面六臂《はちめんろっぴ》のすさまじい働きをして、

「お父さんは、お鼻に一ばん汗をおかきになるようね。いつも、せわしくお鼻を拭いていらっしゃる。」

父は苦笑《くしょう》して、

「それじゃ、お前はどこだ。内股《うちまた》かね？」

「お上品なお父さんですこと。」

「いや、何もお前、医学的な話じゃないか。上品も下品もない。」

「私はね、」

と母は少しまじめな顔になり、

「この、お乳《ちち》とお乳のあいだに、……涙の谷、……」

涙の谷。

父は黙《もく》して、食事をつづけた。

私は家庭に在《あ》っては、いつも冗談《じょうだん》を言っている。それこそ「心には悩《なや》みわずらう」ことの多いゆえに、「おもてには快楽《けらく》」をよそわざるを得ない、とでも言おうか。いや、家庭に在る時ばかりでなく、私は人に接する時でも、心がどんなにつらくても、からだがどんなに苦しくても、ほとんど必死で、楽しい雰囲気《ふんいき》を創《つく》ることに努力する。そうして、客とわかれた後、私は疲労《ひろう》によろめき、お金のこと、道徳のこと、自殺のことを考える。いや、それは人に接する場合だけではない。小説を書く時も、それと同じである。私は、悲しい時に、かえって軽い楽しい物語の創造に努力する。自分では、もっとも、おいしい奉《ほう》仕《し》のつもりでいるのだが、人はそれに気づかず、太宰《だざい》という作家も、このごろは軽薄《けいはく》である、面白《おもしろ》さだけで読者を釣る、すこぶる安易《あんい》、と私をさげすむ。

人間が、人間に奉仕《ほうし》するというのは、悪いことであろうか。もったいぶって、なかなか笑わぬというのは、善《よ》いことであろうか。

つまり、私は、糞真面目《くそまじめ》で興覚《きょうざ》めな、気まずい事に堪《た》え切れないのだ。私は、私の家庭においても、絶えず冗談《じょうだん》を言い、薄氷《はくひょう》を踏む思いで冗談を言い、一部の読者、批評家の想像を裏切《うらぎ》り、私の部屋《へや》の畳《たたみ》は新しく、机上《きじょう》は整頓《せいとん》せられ、夫婦はいたわり、尊敬し合い、夫は妻を打ったことなどないのはもちろん、出て行け、出て行きます、などの乱暴《らんぼう》な口《くち》争《あらそ》いしたことさえ一度もなかったし、父も母も負けずに子供を可愛《かわい》がり、子供たちも父母に陽気によくなつく。

しかし、それは外見。母が胸をあけると、涙の谷、父の寝汗《ねあせ》も、いよいよひどく、夫婦は互いに相手の苦痛を知っているのだが、それに、さわらないように努《つと》めて、父が冗談《じようだん》を言えば、母も笑う。

しかし、その時、涙の谷、と母に言われて父は黙《もく》し、何か冗談を言って切りかえそうと思っても、とっさにうまい言葉が浮かばず、黙しつづけると、いよいよ気まずさが積もり、さすがの「通人《つうじん》」＊3の父も、とうとう、まじめな顔になってしまって、

「誰《だれ》か、人を雇《やと》いなさい。どうしたって、そうしなければ、いけない。」

と、母の機嫌《きげん》を損《そん》じないように、おっかなびっくり、ひとりごとのようにして呟《つぶや》く。

子供が三人。父は家事には全然、無能である。蒲団《ふとん》さえ自分で上げない。そうして、ただもう馬鹿《ばか》げた冗談《じようだん》ばかり言っている。配給《はいきゆう》だの、登録だの、そんなことは何も知らない。全然、宿屋住まいでもしているような形。来客。饗応《きようおう》。仕事部屋《しごとべや》にお弁当を持って出かけて、それっきり一週間もご帰宅にならないこともある。仕事、仕事、といつも騒《さわ》いでいるけれども、一日に二、三枚くらいしかお出来にならないようである。あとは、酒。飲みすぎると、げっそり痩《や》せてしまって寝込む。そのうえ、あちこちに若い女の友達など

もある様子だ。

子供、……七歳の長女も、ことしの春に生まれた次女も、少し風邪《かぜ》をひきやすいけれども、まずまあ人並《ひとなみ》。しかし、四歳の長男は、瘦《や》せこけていて、まだ立てない。言葉は、アアとかダアとか言うきりで一語も話せず、また人の言葉を聞きわけることも出来ない。這《は》って歩いていて、ウンコもオシッコも教えない。それでいて、ごはんは実にたくさん食べる。けれども、いつも瘦せて小さく、髪の毛も薄《うす》く、少しも成長しない。

父も母も、この長男について、深く話し合うことを避《さ》ける。白痴《はくち》、おし、……それを一言《ひとこと》でも口に出して言って、二人で肯定し合うのは、あまりに悲惨だからである。母は時々、この子を固く抱きしめる。父はしばしば発作《ほっさ》的に、この子を抱いて川に飛び込み死んでしまいたく思う。

「啞の次男を斬殺《ざんさつ》す。×日正午すぎ×区×町×番地×商、何某《なにがし》（五三）さんは自宅六畳間《ろくじょうま》で次男何某（一八）君の頭を薪割《まきわり》で一撃《いちげき》して殺害、自分はハサミで喉《のど》を突いたが死に切れず付近の医院に収容したが危篤《きとく》、同家では最近二女某（二二）さんに養子《ようし》を迎《むか》えたが、次男がおしの上に少し頭が悪いので娘可愛《かわい》さから思い余《あま》ったもの。」

こんな新聞の記事もまた、私にヤケ酒を飲ませるのである。

ああ、ただ単に、発育がおくれているというだけのことであってくれたら！　この長男が、いまに急に成長し、父母の心配を憤り嘲笑するようになってくれたら！　夫婦は親戚にも友人にも誰にも告げず、ひそかに心でそれを念じながら、表面は何も気にしていないみたいに、長男をからかって笑っている。

　母も精一ぱいの努力で生きているのだろうが、父もまた、一生懸命《けんめい》であった。もともと、あまりたくさん書ける小説家ではないのである。極端《きょくたん》な小心者《しょうしんもの》なのである。それが公衆の面前に引き出され、へどもどしながら書いているのである。書くのがつらくて、ヤケ酒に救いを求める。ヤケ酒というのは、自分の思っていることを主張できない、もどっかしさ、いまいましさで飲む酒のことである。いつでも、自分の思っていることをハッキリ主張できるひとは、ヤケ酒なんか飲まない。（女に酒飲みの少ないのは、この理由からである。）

　私は議論をして、勝ったためしがない。必ず負けるのである。相手の確信の強さ、自己肯定のすさまじさに圧倒《あっとう》せられるのである。そうして私は沈黙《ちんもく》する。しかし、だんだん考えてみると、相手の身勝手《みがって》に気がつき、ただこっちばかりが悪いのではないのが確信せられて来るのだが、いちど言い負けたくせに、またしつこく戦闘開始するのも陰惨《いんさん》だし、それに私には言い争いは殴《なぐ》り合いと同じくらいにいつまでも不快な憎《にく》しみとして残るので、怒《いか》りにふるえながらも笑い、沈黙し、それから、いろいろさまざま考え、ついヤケ酒ということになるのである。

はっきり言おう。くどくどと、あちこち持ってまわった書き方をしたが、実はこの小説、夫婦喧嘩《ふうふげんか》の小説なのである。

「涙の谷。」

それが導火線《どうかせん》であった。この夫婦はすでに述べたとおり、手荒《てあら》なことはもちろん、口汚《くちぎたな》く罵《ののし》り合ったことさえないすこぶるおとなしい一組ではあるが、しかし、それだけまた一触即発《いっしょくそくはつ》の危険におののいているところもあった。両方が無言で、相手の悪さの証拠《しょうこ》固《がた》めをしているような危険、一枚の札《ふだ》をちらと見ては伏せ、また一枚ちらと見ては伏せ、いつか、出し抜けに、さあ出来ましたと札をそろえて眼前にひろげられるような危険、それが夫婦を互いに遠慮深《えんりよぶか》くさせていたと言って言えないところがないでもなかった。妻のほうはとにかく、夫のほうは、たたけばたたくほど、いくらでもホコリの出そうな男なのである。

「涙の谷。」

そう言われて、夫は、ひがんだ。しかし、言い争いは好《この》まない。沈黙《ちんもく》した。お前はおれに、いくぶんあてつける気持ちで、そう言ったのだろうが、しかし、泣いているのはお前だけでない。おれだって、お前に負けず、子供のことは考えている。自分の家庭は大事だと思っている。子供が夜中に、へんな咳《せき》一つしても、きっと眼《め》がさめて、たまらない気持ちになる。もう少し、ましな家に引っ越して、お前や子供たちをよろこばせてあげたくてならぬが、しかし、おれには、どうしてもそこまで手が廻《まわ》らないのだ。これでもう、精一ぱいなのだ。おれだって、凶暴《きょうぼう》な魔物《まもの》ではない。妻子《さいし》を見殺しにして平然、というような「度胸《どきょう》」を持ってはいないのだ。配給《はいきゅう》や登録のことだって、知らないのではない、知るひまがないのだ。……父は、そう心の中で呟《つぶや》き、しかし、それを言い出す自信もなく、また、言い出して母から何か切りかえされたら、ぐうの音《ね》も出ないような気もして、

「誰《だれ》か、ひとを雇《やと》いなさい。」

と、ひとりごとみたいに、わずかに主張してみた次第《しだい》なのだ。

母も、いったい、無口なほうである。しかし、言うことに、いつも、つめたい自信を持っていた。（この母に限らず、どこの女も、たいていそんなものであるが。）

「でも、なかなか、来てくれるひともありませんから。」

「捜《さが》せば、きっと見つかりますよ。来てくれるひとがないんじゃない、いて、いてくれるひとがないんじゃないかな？」

「私が、ひとを使うのが下手《へた》だとおっしゃるのですか？」

「そんな、……」

父はまた黙《もく》した。じつは、そう思っていたのだ。しかし、黙した。

ああ、誰《だれ》かひとり、雇《やと》ってくれたらいい。母が末《すえ》の子を背負って、用足しに外に出かけると、父はあとの二人の子の世話を見なければならぬ。そうして、来客が毎日、きまって十人くらいずつある。

「仕事部屋《しごとべや》のほうへ、出かけたいんだけど。」

「これからですか？」

「そう。どうしても、今夜《こんや》のうちに書き上げなければならない仕事があるんだ。」

それは、嘘《うそ》でなかった。しかし、家の中の憂鬱《ゆううつ》から、のがれたい気もあったのである。

「今夜は、私、妹のところへ行って来たいと思っているのですけど。」

それも、私は知っていた。妹は重態なのだ。しかし、女房が見舞《みま》いに行けば、私は子供のお守《も》りをしていなければならぬ。

「だから、ひとを雇って、……」

言いかけて、私は、よした。女房《にょうぼう》の身内のひとのことに少しでも、ふれると、ひどく二人の気持ちがややこしくなる。

生きるということは、たいへんなことだ。あちこちから鎖《くさり》がからまっていて、少しでも動くと、血が噴き出す。

私は黙《だま》って立って、六畳間《ろくじょうま》の机の引き出しから稿料《こうりょう》のはいっている封筒を取り出し、袂《たもと》につっ込んで、それから原稿用紙と辞典を黒い風呂敷《ふろしき》に包み、物体でないみたいに、ふわりと外に出る。

もう、仕事どころではない。自殺のことばかり考えている。そうして、酒を飲む場所へまっすぐに行く。

「いらっしゃい。」

「飲もう。きょうはまた、ばかに綺麗《きれい》な縞《しま》を、……」

「わるくないでしょう？　あなたの好《す》く縞だと思っていたの。」

「きょうは、夫婦喧嘩《ふうふげんか》でね、陰《いん》にこもってやりきれねえんだ。飲もう。今夜《こんや》は泊まるぜ。だんぜん泊まる。」

子供より親が大事、と思いたい。子供よりも、その親のほうが弱いのだ。

桜桃《おうとう》[*4]が出た。

私の家では、子供たちに、ぜいたくなものを食べさせない。子供たちは、桜桃《おうとう》など、見たこともないかも知れない。食べさせたら、よろこぶだろう。父が持って帰ったら、よろこぶだろう。蔓《つる》を糸でつないで、首にかけると、桜桃は、珊瑚《さんご》の首飾《くびかざ》りのように見えるだろう。

しかし、父は、大皿に盛られた桜桃《おうとう》を、極《きわ》めてまずそうに食べては種を吐き、食べては種を吐き、食べては種を吐き、そうして心の中で虚勢《きよせい》みたいに呟《つぶや》く言葉は、子供よりも親が大事。

（一九四八年五月）

【語註】

ヴィヨンの妻

＊1**二重廻し**　男性の和服用防寒コート。ケープのついた袖無し外套。

＊2**気象**　生まれつきの性質。気性。

＊3**五百円生活**　敗戦後のインフレーションを抑えるため、一九四六（昭和二十一）年二月十七日金融緊急措置例が公布され、一切の預金が封鎖、預金の払い出しは世帯主が月三百円、家族は一人百円、俸給は現金五百円までとされた。預金がなければ月五百円の生活となったため、「五百円生活」といわれた。

＊4**フランソワ・ヴィヨン**　十五世紀フランスの詩人。パリ大学に学びながら殺人・窃盗などに関与し、逃亡、入獄、放浪生活を送った。近代詩の先駆といわれる叙情詩集『形見』『遺言詩集』などを発表。（一四三一頃〜六三頃）

＊5**鯉トトや金トト**　「トト」は魚をあらわす幼児語。鯉や金魚、の意。

＊6**おかる**　浄瑠璃『仮名手本忠臣蔵《かなでほんちゆうしんぐら》』（竹田出雲《いずも》ら合作、一七四八年）の登場人物、お軽《かる》。夫の用金調達のため、身を祇園の一力楼に売る。

＊7**電髪屋**　今でいう美容院のこと。「電髪」はパーマネントウェーブの訳語で、昭和初期の語。

＊8**エピキュリアン**　快楽主義者、享楽主義者。ギリシャの哲学者エピクロス（前三四一頃〜前二七〇頃）の唱えた快楽主義を信じる者たち。

秋風記

＊1**生田長江**　評論家、翻訳家。キリスト教徒でもあり、文芸、宗教、婦人問題にも関心が深く、小説・戯曲のほかニーチェ、ダンヌンツィオの翻訳など。（一八八二〜一九三六）

＊2**殺生石**　栃木県那須温泉の近くにある溶岩の名。鳥羽天皇の后玉藻前《たまものまえ》は妖狐《ようこ》の化身で、執心を残したまま殺されて

この石となり、触れる者に災いをもたらした。のち、通りかかった玄翁《げんのう》和尚が杖で打つと二つに割れ、中から霊が現れ成仏したという伝説がある。

＊3**吉田御殿**　江戸幕府二代将軍徳川秀忠の娘千姫《せんひめ》が、男を誘い込んではもてあそび殺すなど乱行を繰り返したという御殿の名。歌舞伎や講談で取り上げられ脚色されて伝えられた。

＊4**ブルジョア**　資本家階級に属する人。資本主義社会の金持ち。

＊5**観世縒**　和紙を細長く切って指先で糸のように細くよじったもの。それを二本よじり合わせることもある。こより。

＊6**デカダン**　退廃的・虚無的であること。そのような生活態度の人。

＊7**ヴェロナアル**　催眠薬の商標名。白色の結晶で、やや苦みがある。

＊8**富めるものの天国に入るは**　「駱駝《らくだ》の針の穴を通るかた反《かえ》って易《やす》し」と続く（新約聖書「マルコによる福音書」一〇章二五節）。金持ちが神の国にはいるよりも、ラクダが針の穴を通るほうがまだ易しい、の意。

＊9**お宮の石碑**　静岡県熱海市東海岸町に、一九一九年にたてられた金色夜叉（＊10）の碑。碑文は「宮に似たうしろ姿や春の月」。

＊10**金色夜叉**　尾崎紅葉《こうよう》の長編小説。主人公間貫一《はざまかんいち》は、婚約者お宮《みや》を金のために奪われ、自ら高利貸しとなって宮や世間に復讐しようとする。一八九七（明治三十）～一九〇二年読売新聞連載、未完。

皮膚と心

＊1**築地の小劇場**　演出家小山内薫《おさないかおる》、土方与志《ひじかたよし》が一九二四（大正十三）年創設した「築地小劇場」。「演劇の実験室・新劇の常設館・民衆の芝居小屋」を合い言葉に翻訳劇・創作劇を上演。一九四五年戦災で焼失。

＊2**どん底**　ソ連（ロシア）の作家ゴーリキーの戯曲。簡易宿泊所を舞台に殺人や自殺が起き、社会の「どん底」に生きる人々の姿と人生哲学が描かれる。一九〇二年初演。日本では小山内薫訳「夜の宿」として一九一〇年初演。

＊3ボヴァリイ夫人　十九世紀フランスの作家フロベールの小説名。田舎医者シャルル＝ボヴァリーの妻となった美貌の女性エンマ（ボヴァリー夫人）が、平凡な生活から抜け出そうと田舎貴族ロドルフと不倫の恋にはしり、捨てられて次に青年レオンと関係するうち、借金がかさみ絶望して自殺する。一八五七年刊。

＊4男女七歳にして　「男女七歳にして席《せき》を同じうせず」（『礼記《らいき》』）。人は七歳くらいになったら、男女の区別を明確にしてみだりに親しくしてはならない、ということ。「席」はむしろ・ござの意で、一枚に四人が座れ、寝床の代用にもされた。

＊5イデエ　観念、理念。もとプラトン哲学で、日常を超えた超感覚的、絶対的な真の実在とされる中心概念。

＊6お岩さま　歌舞伎狂言『東海道四谷《よつや》怪談』（四世鶴屋《つるや》南北《なんぼく》作、一八二五年）の登場人物の名。浪人伊右衛門《いえもん》は立身のために妻お岩の毒殺をはかり、毒のために顔が醜くくずれ髪も抜けるようになったお岩は、夫の不実を知り憤死、幽霊となって伊右衛門を破滅にみちびく。

＊7フロベエル　『ボヴァリー夫人』（＊3）の作者。写実主義文学を確立した。（一八二一～八〇）

＊8プロステチウト　売春婦、娼婦。

桜桃

＊1われ、山にむかいて、目を挙ぐ　「わが扶助《たすけ》はいずこよりきたるや」と続く（旧約聖書「詩篇」第一二一篇一節）。わたしは山に向かって目をあげる、わが助けは、どこから来るであろうか、の意。

＊2柳多留　江戸後期の川柳集『誹風《はいふう》柳多留』（呉陵軒可有《ごりょうけんあるべし》編）。一七六五～一八三八年にかけて百六十七編が刊行された。

＊3通人　男女間の人情の機微に通じたひと。

＊4桜桃　さくらんぼ。

略年譜

一九〇九（明治42）
六月十九日、青森県北津軽郡金木村の大地主津島源右衛門、母たねの六男・修治として生まれる。

一九二二（大正11）　十三歳
三月、金木第一尋常小学校を首席卒業後、学力補充のため明治高等小学校に通う。

一九二三（大正12）　十四歳
三月、父源右衛門が病死（享年五十二歳）。四月、青森中学校入学。

一九二五（大正14）　十六歳
三月、初めての創作「最後の太閤」を中学校の校友会誌に発表。八月、級友との同人誌〈星座〉に戯曲「虚勢」発表、十一月、同人誌〈蜃気楼〉創刊。この頃より作家を志す。

一九二七（昭和2）　十八歳
四月、中学四年修了で、官立弘前高等学校入学。七月、芥川龍之介の自殺に衝撃を受ける。九月、芸妓紅子（小山初代）と出会う。

一九二八（昭和3）　十九歳
五月、同人誌〈細胞文芸〉を創刊。四号で廃刊する前に井伏鱒二らの寄稿を得る。

一九二九（昭和4）　二十歳
〈弘高新聞〉や県内同人誌に評論、創作を発表。十二月、カルモチン自殺を図る。

一九三〇（昭和5）　二十一歳
四月、東京帝国大学仏文科に入学し上京。五月ごろ井伏鱒二に会い、以後師事。十一月、期末試験前夜に鎌倉で女給田部シメ子と心中未遂、女性のみ死亡。自殺幇助罪に問われたが、起訴猶予となる。左翼運動に働く。

一九三一（昭和6）　二十二歳
二月、五反田で初代との同棲生活が始まる。その後、登校せず左翼運動を続ける。

一九三二（昭和7）　二十三歳
七月、青森警察署に出頭、以後左翼運動からの離脱を誓約。八月「思ひ出」執筆。

一九三三（昭和8）　二十四歳
二月、太宰治の筆名を用いて「列車」を発表。三月、同人誌〈海豹〉に参加。

一九三五（昭和10）　二十六歳
二月、「逆行」発表（芥川賞候補）。大学を落第、就職も失敗し、三月鎌倉山で縊死を図る。四月、急性盲腸炎で入院中、麻薬性鎮痛剤の中毒に。九月、東京帝大除籍。

一九三六（昭和11）二十七歳　六月、第一創作集『晩年』刊行。第三回芥川賞落選に打撃を受ける。薬物中毒慢性化で入院。その間、初代が姦通を犯す（翌年発覚、初代と心中未遂ののち離別）。

一九三九（昭和14）三十歳　一月、井伏鱒二媒酌で石原美知子と結婚し、生活安定。五月、書下ろし創作集『愛と美について』（「秋風記」収載）刊行、十一月「皮膚と心」発表。

一九四〇（昭和15）三十一歳　二月「駈込み訴え」、五月「走れメロス」、十一月「きりぎりす」など、次々と作品発表。前年刊行の『女生徒』が北村透谷賞の次席となる。

一九四一（昭和16）三十二歳　六月、長女園子誕生。七月、長編小説『新ハムレット』刊行。九月、太田静子と出会う。

一九四二（昭和17）三十三歳　十二月、生母危篤の知らせに帰郷。同月十日、母たね病死（享年六十九歳）。

一九四四（昭和19）三十五歳　八月、長男正樹誕生。十一月、書き下ろし長編『津軽』刊行。

一九四五（昭和20）三十六歳　十月、戦後への希望を謳った「パンドラの匣」で、初の新聞連載開始（〜翌年一月）。十月『お伽草紙』刊行。

一九四六（昭和21）三十七歳　初めての本格的な戯曲「冬の花火」「春の枯葉」などを発表。

一九四七（昭和22）三十八歳　三月、次女里子（津島佑子）誕生。「ヴィヨンの妻」発表。このころ山崎富栄と出会う。十一月、静子との間に女児治子誕生。十二月、「斜陽」を刊行しベストセラーとなるが、このころより不眠症と胸部疾患に悩まされる。

一九四八（昭和23）　衰弱する肉体に鞭を打って執筆を続ける。五月「桜桃」、六月「人間失格」を発表。六月十三日、「グッド・バイ」の草稿、遺書数通などを机上に残し、富栄と共に玉川上水に入水。十九日に遺体が発見され、二十一日に告別式。三鷹の禅林寺に埋葬された。享年三十九歳。太宰の命日とされた十九日は、桜桃忌と呼ばれている。

どうにもならない犠牲たち

又吉直樹

自分の趣味を語るのは恥ずかしい。ましてや好きな作家や作品を語るのには勇気がいる。「貴様のような通俗的な人間が読むなら大したことはない」と自分の才能の乏《とぼ》しさのせいで尊敬するお方や作品にまで迷惑が及ぶのではないかと大変申し訳なく思ってしまう。そのような理由で僕は好きな作家を問われるたびに、恐縮しながら「皆さん好きです」と曖《あい》昧《まい》な答えで相手を苛々《いらいら》させてしまうのだが、「一番好きな作家が誰か十秒以内に答えなければ殺す」と頭に銃を突き付けられた場合、その相手が三島由紀夫のプリントTシャツを着用していない限り、僕は迷わず太宰治と答えるだろう。

だから今回は頭部に銃を、首に日本刀を、背中に腹を減らしたレスラーを向けられた状況と仮定し、恥を忍んで好きな作家について書かせて戴《いただ》きたい。よろしいですか。駄目ですか。

前置きが長くなったが、とにかく太宰治という作家が大好きだ。まず文章の上手《うま》さが傑出している。端整で読みやすい文体が繊細《せんさい》で神経質な思索と適合してとても魅力的だし、その一方で時に大胆と思えるほどの飛躍を見せる自由な発想が面白くなぜか妙に説得力がある。好きな部分に印をつけようと、赤ペンを持って太宰作品に向かうと線を引き過ぎて本が血塗《ちまみ》れのようになってしまう。それほど、美しい文句や面白い言葉が無数にちりばめられていて無駄がない。他にも古びない特異な笑いのセンス、共感を呼ぶ絶大な力、そして底の知れない優しさ。太宰の素晴らしさを挙げ出すと際限がない。

僕がどのように太宰に魅了されたのか、太宰に夢中になる人間の一例として書きたい。

小学校に上がる前に親戚《しんせき》一同でピクニックに行った。従兄弟《いとこ》と浅い川で遊んでいると転んで服がビショビショに濡《ぬ》れてしまった。僕は服が濡れてしまったことよりも皆から心配されたり折角の雰囲気が台無しになるのが怖くて、心配する親戚の前から一旦《いったん》逃亡し、濡れた服を腰に巻き葉っぱを股間《こかん》にさした未完成のターザンのような恰好《かっこう》で再び登場し親戚を笑わした。皆は僕を馬鹿《ばか》にして笑ったけれど、僕の頭は驚くほどリアルに覚醒《かくせい》していて、気を使って自分の服を貸してくれた親戚の優しい叔母《おば》さんに「ウケているのに余計なことをしないでくれ」と思ったりしていた。そして幼いながらに人に気を使うのは大変なことだと思っていた。

小学校に入学すると好きな女の子ができた。しかし、内気な僕は自分から話し掛けることができず悶々《もんもん》としていた。そんなある日、女子から人気があったハンサムな友達と一緒に遊んでいると件《くだん》の好きな女子が近寄って来て、一緒に遊ぼうと声を掛けてくれた。嬉《うれ》しかった。女の子は「お姫様ごっこしよう」と快活に言った。お姫様ごっことは一体どのようにするのだろう。そのように思っていると、突然女の子が叫び出した。「ノブ君王様！又吉乞食！　ノブ君王様！　又吉乞食！」節《ふし》に乗せて無邪気に唄う女の子の声は嘘《うそ》のように美しかった。友達は王様で、僕は乞食。しかも、友達は「ノブ君」と下の名前で、「君」まで付けて呼ばれているのに僕は「又吉」と名字を呼び捨てだった。悲惨な話だ。幼き僕はどうしたか。泣いたか？　怒ったか？　そのどちらでもない。僕は好きな女の子が楽しめるように全力で乞食を演じたのだ。心は確かに痛いのだけれど好きな子が笑ってくれたことによって恍惚《こうこつ》とした感覚を同時に感じていたのも事実だ。

それからというもの、本当は人見知りで内気だった癖に自分は常に明るくしなければならないと勝手に思い込み、前日に高熱にうなされ体調が良くない時でも、翌日の学校では明るく振る舞いたくさん失敗して、先生から「風邪が流行《はや》っているけど又吉君だけは元気やな」などと言われて皆から笑われていた。しかし、母親が連絡帳に「昨夜高熱で何度も嘔吐《おうと》しました」と書いたために、担任に呼び出され、「又吉君あんた……頑張ってたんやな」と言われ恥ずかしさで顔を真っ赤にして身悶《みもだ》え母親に腹を立てたこともあった。

その辺りから自分はやはり明るい人間ではないのだと認識し、冷めた眼《め》で僕達を観察する大人達には全て見破られているのではないかと怯《おび》えながらも、友達など周囲からの期待を裏切るわけにはいかないと誰も僕に期待などしていないのに勝手に使命を背負い必死でふざけることに精を出した。とにかく阿呆《あほう》と言われることを生き甲斐《がい》にしていた。それに僕は自分でも調節ができない部分でも非常に抜けた面があるようで、残念ながら狙《ねら》っていない所でも充分過ぎるほど人から笑われてもいた。

だが、小学校の高学年になると徐々に周囲に対する明るい自分と内面の暗い自分が乖離《かいり》しはじめてバランスが取れず苦しくなって来た。そこで中学は僕と同じ小学校の人間が少なかったので、ここぞとばかりに入学と同時に一気に誰とも話さなくなった。中学デビューの反対。中学引退。あっという間に女子から気持ち悪いだの暗いだのと言われる存在になった。そしてそんな自分を客観的に見てフフッと笑い、「あいつ独りで笑ってる」と、また女子に気持ち悪がられたりしていた。それでも人を笑わすことは好きだから、たまにふざけるのだけれど、暗く真面目《まじめ》な調子で言うものだから、ただただ変な言動になってしまい凄《すご》く危ない奴《やつ》として周りから不気味がられるようになってしまった。

そんな時に、数少ない友達の一人から「お前にぴったりの本がある」と薦《すす》められたのが『人間失格』だった。衝撃を受けた。世界が変わったといっても過言ではない。そこには誰にも言ったことがない世界対僕の戦い方の秘密が書かれていた。自分の精神とは裏腹に道化として周囲に愛想を振りまく主人公の姿が幼い頃の自分と重なった。深刻な内容の物語だったけれど共感できる部分が多く面白く読むことができ、散らかった自分の気持ちを整理する手掛かりになった。

流行のラブソングを聴き「これ私達の曲だよね」などと自己中心的に物事を捉《とら》えヘラヘラ笑う男女を奇妙な生き物のように感じていた僕が、太宰を読んでこれは自分の物語だと強く思ってしまったのだから不思議だ。ラブソングが売れるのは恋愛こそ究極のあるある、、、であり、誰もが恋愛に関して共有する経験、または憧《あこが》れを持つからだと思うのだが、僕にとって太宰治の作品は、それよりも遥《はる》かに強い共感を呼び起こすものだった。

以来、太宰治という作家に強烈に惹《ひ》かれたことは言うまでもない。太宰の諸作品は自分の中にある曖昧模糊《あいまいもこ》とした感情を明確に言語化し共感させてくれる。太宰のようにこれほどまでに強く読み手を共感させる作家は稀《まれ》だと思う。この共感の強度が太宰の魅力であり「太宰は自分のことを解《わか》ってくれている」、「自分だけが太宰を理解している」と信じてしまう熱狂的なファンを多く生み出す理由だろう。


そして今回この本に収められた作品について触れたい。

『ヴィヨンの妻』は大谷《おおたに》という詩人が家庭を省みず放蕩《ほうとう》を繰り返す。悲惨な状況でも明るく生きようとする妻の前向きな姿勢が哀《かな》しい。『文明の果《はて》の大笑い』や、『トランプの遊びのように、マイナスを全部あつめるとプラスに変わるということは、この世の道徳には起こり得ないことでしょうか』という言葉が痛切に響く。この作品の最後、言い訳がましい台詞《せりふ》を垂れる夫に妻が言う、『人非人でもいいじゃないの。私たちは、生きていさえすればいいのよ』という言葉が心に刺さった。

『秋風記』は、小説家の『私』と『K』という三十二歳の女性が晩秋に旅行する物語。物語序盤からほのかに死の香りが漂っているのだが、旅の終局でKがバスに轢《ひ》かれる場面で一気に現実性が押し出され生活が浮き彫りになる。読後、不思議な余韻が心に残った。

『皮膚と心』は夫婦の物語。皮膚の他に自分に自信がもてない『私』の身体に突然小豆《あずき》粒に似た吹出物ができ、あっという間に全身に広がる。その事件を通して夫婦の心の交流を女性一人称で描いた美しい作品。太宰はなぜ可憐《かれん》な女性の気持ちまで解ってしまうのだろう。

そして、表題作の『桜桃』。

『子供より親が大事、と思いたい。』

このような言葉から始まる。『思いたい。』とわざわざ記すということは実際には思えなかったのだろう。思えていたのなら、ここまで苦渋に満ちた作品にはならなかったはずだ。

身体が弱い子供の面倒や家事を放棄する父の『私』は来客や饗応《きょうおう》を理由に仕事部屋に行き一週間も帰宅しないこともある。

この『私』は人に気を使い過ぎて人の期待を裏切ってはいけないと過度に自分を追い込

んでしまい誘いを断れない人間なのだ。そんな自分の弱さにも無論気付いている。『生きるということは、たいへんなことだ。あちこちから鎖がからまっていて、少しでも動くと、血が噴き出す。』

この言葉から切迫した精神状態が痛々しいほど伝わって来る。家族を家に残して酒を飲む場所へ来てしまった『私』に桜桃が出される。桜桃など見たこともない自分の子供を思いながら桜桃と対峙《たいじ》し、極めてまずそうに食べながら、『子供よりも親が大事。』と心でつぶやく。この最後の文章が僕は大好きだ。家に帰れば良いだけじゃないか、と思える人はある点において幸せだと思う。だが、きっと自分が気付いていないところで無自覚に人を傷付けて来た人だとも思う。

今回この四篇を再読し、作品を純粋に楽しみながら新たな発見や感動に出会えた。そして、あくまでも小説だということは認識しているのだが、これらの作品を通じて太宰という人間を身近に感じることができた。

この人は優しい人だったのだと思う。自分を底辺まで落とし込み自ら非難を煽《あお》るような表現方法は道徳に対して従順だからこそだと思えてならない。罪の意識が自分を許さなかったのだろう。底を這《は》いつくばるような人間を描き『ヴィヨンの妻』でも、『桜桃』でも苦しみ悶えながらも最後に救いを与えている。生きようとしている。『ゆきあたりばったりの万人を、ことごとく愛しているということは、誰をも、愛していないということだ。』

理想は皆を喜ばせ万人を遍《あまね》く救いたかったのだろうけど、そうすると必ず誰かが犠牲になってしまうようにできているから世界は難しい。

太宰の人生は衝撃的な結末を迎えたけれども、太宰の優しさは作品を通じ無意識の内に多くの読者にしっかりと伝わっている。だからこそ未だに世代を超えて読者を広げ共感を呼び続けているのだろう。

都合の良い所ばかり太宰との共通点を見つけて喜んでいる僕ではあるが、実際のところ太宰のような潔《いさぎよ》さは持ち合わせていない。太宰よりも遥かに打算的で狡猾《こうかつ》で甘えた男である。それなのに、もう何年も太宰に救って貰《もら》っているのだから申し訳ない。

ただ、どうしようもない阿呆なので太宰さんもきっと笑って許してくれるだろう。

（またよし・なおき／芸人）

＊本文庫は『太宰治全集』（筑摩書房）第三巻（一九九八年）、第四巻（一九九八年）、第十巻（一九九九年）を底本としました。文庫版の読みやすさを考慮し、幅広い読者を対象として、新漢字・新かな遣いとし、難しい副詞、接続詞等はひらがなに、一般的な送りがなにあらため、他版も参照しつつルビを振りました。読者にとって難解と思われる語句には巻末に編集部による語註をつけ、略年譜を付しました。また、作品中には今日の人権意識からみて不適切と思われる表現が含まれていますが、作品が書かれた時代背景、および著者（故人）が差別助長の意味で使用していないこと、また、文学上の業績をそのまま伝えることが重要との観点から、全て底本の表記のままとしました。

ハルキ文庫

た 21-1

桜桃《おうとう》

著者 太宰《だざい》 治《おさむ》

2011年4月15日第一刷発行
2025年6月28日第七刷発行

発行者 角川春樹

発行所 株式会社角川春樹事務所
〒102-0074 東京都千代田区九段南2-1-30 イタリア文化会館

電話 03(3263)5247(編集)
03(3263)5881(営業)

印刷・製本 中央精版印刷株式会社

フォーマット・デザイン 芦澤泰偉
表紙イラストレーション 門坂 流

ISBN978-4-7584-3547-5 C0193 ©2011 Printed in Japan
http://www.kadokawaharuki.co.jp/[営業]
fanmail@kadokawaharuki.co.jp[編集] ご意見・ご感想をお寄せください。